プラチナ文庫 アリス

Platinum Label Alice

桃色☆王子
～胸の秘密はミルキーピンク～

神香うらら

"Momoiro☆Ouji ~Mune no Himitsu wa Milky Pink~"
presented by Urara Jinka

プランタン出版

イラスト／香林セージ

目次

※本作品の内容はすべてフィクションです。

誕生日パーティーでプロポーズ!?

五月になり、ルメール王国に遅い春がやってきた。

かじかんでいた大地を柔らかな緑が覆《おお》い始め、木々の枝は冬の呪縛《じゅばく》から解放されたように次々と芽吹《めぶ》く。

ユージニア大陸の最北端に位置し、国土の三分の二以上が針葉樹の森林に覆われたルメールは、大陸の中で一番寒い国として知られている。長い冬の間、人々はひたすら春の訪れを待ち侘《わ》び、頬を撫《な》でる風にほんの少しでも暖かな太陽の匂いが混じり始めると、国中の至《いた》るところで競うように春を歓迎する祭りが行われる。

それはここルメールの首都モニクでも同じで、ルメール城を取り巻く街は春の花祭りの準備で賑《にぎ》わっていた。

この時期になると国内外からやってきた露天商や大道芸人でモニクの人口は一気に増える。気の早い露天商が街角で色とりどりの髪飾りを並べ、町娘たちが足を止めて品定めをしている。隣の屋台では、南方の珍しい砂糖菓子に子供たちが興味津々の表情で見入っている。

白馬の手綱《たづな》を持って歩いていた若者が立ち止まり、子供たちの背後からひょいと屋台を覗き込んだ。

濃紺のマントを羽織った小柄な若者だ。顔を隠すように大きめのフードをすっぽりと被っているのだが、ちらりと覗く白い肌やほっそりした顎《あご》のあたりに、隠しきれない気品が漂っている。

それもそのはず、若者の名前はルカ――ルメール王国の第三王子である。

屋台の並んだ通りを、ルカは物珍しげに見て回った。

治安のいいモニクでは、貴族の若者が供《とも》も付けずに街をそぞろ歩くのは珍しいことでもない。町人たちもお忍びのルカに特に注意を払うこともなく、それぞれの商売に没頭している。

「お嬢さん、髪飾りはどうかね。お嬢さんの赤い髪には白い花飾りが似合うよ」

露天商に声をかけられ、フードから覗く形のいい唇がむっとしたように尖《とが》る。

「失敬な。俺はお嬢さんではない」

言いながら、ルカは少し慌てたように頬に一筋かかっていた赤毛をフードの中に押し込んだ。

「おや、こりゃ失礼。あんまりお綺麗なので、貴族のお姫さまかと思っちまいましたあ」

露天商が濁声《だみごえ》で笑うので、髪飾りに見入っていた娘たちも一斉に振り返る。

美人の顔を拝もうと、近くにいた男たちもわらわらと集まってきた。

「ほお、こりゃあえらい別嬪《べっぴん》さんだ」

「どれどれ」

無遠慮な町人たちに顔を覗き込まれ、ルカはぎょっとしてフードを目深《まぶか》に被り直した。

「へえ、こりゃあ驚いた。町一番の美人と名高い鍛冶屋《かじや》の娘よりも綺麗じゃないか！」

「あんた、どこから来たんだい」

「お嬢ちゃん、こっちへおいで。葡萄酒《ぶどうしゅ》を奢《おご》ってやろう」

口々にまくし立てられ、ルカは細い眉をきりきりとつり上げた。

「だから俺は男だと言ってるだろう！」

しかし凛《りん》とした涼しげな声は、残念ながらあまり男らしくはない。おまけに長いマントで体を覆っているので、服装からも男女の区別がつきにくい。

「別嬪さん、どこにいるの？　おいらも見たいよう」

子供たちもわらわらと集まってきて、ルカは馬の手綱を持ったまま身動きが取れなくなってしまった。すぐにでも逃げ出したいが、こんな人混みの中で馬を走らせるのは危険だ。

「別嬪さん見つけた！」

子供の一人が背後からルカのマントを引っ張り、フードがするりと脱げてしまった。

燃えるような赤い髪が日の光に晒《さら》され、きらきらと輝く。

その見事な赤毛に、人々がどよめいた。

「……っ！」

慌ててルカはフードを被り直したが、強烈な印象の赤毛は人々の網膜《もうまく》にくっきりと焼き付いてしまった。

「おお……なんと美しい赤毛だ」

「あんな色は見たことがないね。そこらの赤毛と全然違うじゃないか」

例に漏《も》れずこの国でも赤毛はあまり好かれていないが、ルカの赤毛は例外だ。よくある赤茶けたような色ではなく深い紅色をしており、東方の国からやってきた使者がその特徴的な色味に石榴《ざくろ》の実のようだと感嘆したという。ことに太陽の光を浴びるとルビーのように煌《きら》めいて、見た者を虜《とりこ》にすると言われている。

ルカ自身は自分の赤毛を嫌っており、コンプレックスを持っているのだが……。

「うわあ……頭が真っ赤っかだあ」

「林檎《りんご》みたーい」

子供たちの無邪気な感想に、ルカの唇が歪《ゆが》む。

フードを更《さら》に深く被り、ルカはくるりと背を向けて馬に跨《また》がった。白馬は心得たように人混みの中を器用にかき分けて進む。

「赤毛の別嬪さん！　名前はなんというんだい！」

「この町の者じゃないね、どこに泊まってるんだい？」

ルカの美貌に色めき立った男たちが、どやどやと追いかけてくる。

（まずい……っ）

人混みを抜け出すと、ルカは馬を走らせた。

馬は軽やかに駆け抜けて追っ手を振り切り、街外れの川沿いの道にたどり着く。川沿いは行き交う人もまばらで、ルカはほっと息をついた。

（林檎みたい、か）

ルカの赤毛は好奇の目で見られることが多く、「美しい」と言われても素直に受け取れなくなってしまった。

物心ついて以来、赤い髪はルカにとって忌《い》まわしいものでしかない。珍獣を見るような目で見られていることを幼い心は敏感に察知し、深く傷ついた。

（兄さんや妹は金髪なのに、なんで俺だけ……）

四人兄弟の中で、赤毛はルカだけだ。両親も赤毛ではない。ルカが生まれる前に亡くなった祖母が赤毛だったそうで、ルカだけがその色を受け継いでしまった。

馬上から川の向こうの小高い丘の上、ルメール城の城壁を見上げる。

（今頃はパーティーの準備で大忙しだろうな……俺が城を抜け出しても誰も気づかないく

らいだし）

今日、ルカは十七歳の誕生日を迎えた。

この国では男女とも十七歳で成人と見なされる。大人の仲間入りを前に、ルカは少しナーバスになっていた。

男女とも成人すると結婚が可能になる。二人の兄は成人して間もなく妻を娶《めと》った。第一王子は隣国ブランドルの王女と、第二王子は国内の有力貴族の娘と結婚し、今ではそれぞれ子供に恵まれ、すっかり父親らしくなっている。

（俺もそのうち結婚とかするのかな……）

ルカにはまだぴんとこない話だ。

貴族の娘や他国の王族の姫など、水面下でいくつか縁談が持ち上がっていることは知っている。しかし相手の女性とは会ったこともない。王族や貴族の場合、結婚式の当日が初対面というようなことも珍しくないが、ルカには見知らぬ女性と結婚しなくてはならないことがひどく憂鬱《ゆううつ》だった。

……一度だけ、直《じか》にプロポーズされたことがある。

煌めく川面《かわも》を眺めながら、ルカは遠い日のことを思い出した。

もう十年以上前のことなのに、いまだにはっきりと覚えている。

――――ルカ、大きくなったら私と結婚してくれるか。

(いやいや、あれはプロポーズと言っても子供の戯《ざ》れ言《ごと》だ。だいたいあいつ、男だし!)

ぶんぶんと首を横に振り、ルカは男の声を振り払った。

道の向こうから馬の駆ける音が聞こえ、顔を上げる。

「あー……見つかっちゃったか」

栗毛の馬を駆ってやってきたのは、ルカの忠実なる従者、ネヴィルだ。遠目にも、ネヴィルの柳眉《りゅうび》がつり上がっているのがわかる。

世話係でもあり、教育係でもある彼は、ルカにとって一番身近な存在である。幼い頃から一緒にいるので気心も知れており、ルカが全幅の信頼を寄せている家臣だ。

「ルカさま……っ!」

馬の手綱を引き、ネヴィルが押し殺した声で叫ぶ。

プラチナブロンドの長い髪をなびかせた彼は、怒っていても美しい。

「心配しましたよ! 勝手に城を抜け出すとは何事ですか! 今日はなんの日かご存じですか?」

「わかってるよ……ごめん」

「まったく、成人の宴《うたげ》の日に脱走だなんて。いったいどうしたというのです?」

ネヴィルの栗毛の馬がゆっくりと向きを変え、ルカの白馬の横にぴったりと寄り添う。

ネヴィルに睨《にら》まれ、ルカは視線を彷徨《さまよ》わせた。

「別に……。ちょっと街のお祭りの様子を見たいなーと思って」

「だったらそうおっしゃって下さい。祭りの視察ならば護衛の者をお付けします」

ルカは俯《うつむ》いた。大袈裟《おおげさ》に護衛の者を付けられて、いかにも王子のお出ましとばかりに練《ね》り歩くのは本意でない。

「ちょっと……一人になりたかったってゆうか……」

ぼそっと呟《つぶや》くと、ネヴィルが灰色の瞳を眇《すが》めた。

「あなたはこの国の王子なのですよ。町人にはあまり顔を知られていないとはいえ、群衆の中にはどんな輩《やから》が潜《ひそ》んでいるのかわかりません。何かあったらどうするんです。もっと王子としての自覚をお持ち下さい」

ネヴィルの小言に、ルカはこっくりと頷いた。

実はルカが城を抜け出したのは初めてではない。別にネヴィルを困らせようとしているわけではないが、たまに一人で思い切り草原を駆け回りたくなったり、森の中で小鳥の囀《さえず》りを聞きながら昼寝したくなったりするのだ。

「まったく、今までたまたま危険な目に遭っていないからって、呑気《のんき》すぎます。ああ、お祖父《じい》さまが知ったらどんなに嘆《なげ》くことか。先の戦争が終わって以来、ルメールはすっかり平和ボケしてしまった。城の兵士たちも緊張感のない奴らばっかりだ」

ネヴィルの祖父は名高い将軍だった。先の戦争……と言ってももう五十年以上前のことなのだが、ルメールの危機を救った名将として語り継がれている。その影響か、ネヴィルはまだ三十になったばかりだというのに「今どきの若い奴ときたら……」が口癖だ。

戦争が終わってから、ユージニア大陸は平和な日々が続いている。各地で多少の小競《こぜ》り合いはあるものの、大規模な戦争は起こっていない。

それもこれも、先の戦争でユージニア大陸を制圧した大国バーデンバッハが睨みを効かせているからだ。

大陸にはバーデンバッハを中心に四つの国がある。先の戦争で、ルメール、ブランドル、アメリアの三国は実質的にバーデンバッハの支配下に収まった。バーデンバッハの王はたいそう賢《かしこ》く、三国を締め上げすぎず、手綱を緩めることもなく、大国とその属国という関係をうまく保っている。

殊《こと》にルメールは大陸の中で一番人口も少なく貧しい国なので、バーデンバッハの庇護《ひご》の下に成り立っているようなものだ。

バーデンバッハの王子の顔が脳裏に浮かび……ルカは振り払うように軽く頭を振った。

「さ、城に戻りましょう。今宵《こよい》の宴の準備がまだ残ってます」

ネヴィルに促《うなが》され、ルカは渋々《しぶしぶ》と手綱を握った。

◇◇◇

音楽隊のラッパが高らかに鳴り響き、ルカの十七歳を祝うパーティーが華やかに幕を開けた。

ルメール城の大広間は国内の貴族はもちろんのこと、ブランドルやアメリア、そしてバーデンバッハからの使者も訪れて、着飾った大勢の人で賑わっている。

通常の誕生日パーティーはここまで盛大ではないが、今年は特別だ。王族の成人のお披《ひ》露目《ろめ》は、妻を娶るための儀式でもある。水面下で縁談が持ち上がっている王族や貴族の娘と引き合わされ、結婚に向けての駆け引きが始まるのだ。

(うう……緊張する)

大広間の扉の前で、ルカは胸の前でぎゅっと拳《こぶし》を握りしめた。

これから大勢の人に花婿候補として見られるわけだが……十七にしては奥手なルカは、そのことがひどく気恥ずかしかった。

ルカはまだ女性を知らない。男女の営みについては一応知識はあるものの、自分が女性相手にそれをするところは想像できなかった。

王子とはいえ、恋愛が許されていないわけではない。ルカの二人の兄たちは成人のお披露目の前から舞踏会などで貴族の娘と親しくなり、ちゃっかり男女の関係を結んだりしていた。親たちもそのあたりは伴侶《はんりょ》選びの一環として見て見ぬふりをする。

ルカにも言い寄ってくる女性はいた。しかし、どうしても恋愛の対象として見ることができなかった。

『おまえは本当に初《うぶ》だな。俺が十六の頃は毎晩遊びまくってたぞ。今どき深窓のご令嬢でもお目にかからないいくらいの身持ちの堅さだなあ』

兄はそう言って呆《あき》れていたが、ルカには多くの女性と浮き名を流すほうが信じがたかった。

『それとも、誰か心に決めた人がいるのか？』

その問いには、ルカは首を横に振った。一瞬、遠い昔に自分にプロポーズした男の顔がよぎったのだが……。

「さあルカさま、参りましょう」

ネヴィルに話しかけられ、物思いに耽《ふけ》っていたルカははっとした。

音楽隊の奏《かな》でる曲が山場にさしかかり、ネヴィルが大広間の扉を開けるよう命じる。ネヴィルに促され、ルカはやや伏し目がちに大広間へ足を踏み入れた。盛大な拍手に迎えられ、ぎこちない笑みを浮かべる。

「おお、なんと美しい……」

「噂には聞いていたが、こんなに美しいとは」

王族の正装である白い軍服をまとって現れたルカに、人々は一斉にどよめいた。

美形揃いのルメールの王族の中でも、ルカの美貌は群を抜いている。すっきりと整った輪郭に緑色の大きな瞳、形のいい鼻と愛らしい唇が絶妙のバランスで収まっている。白い肌は磁器のように滑《なめ》らかで、ほんのりと上気した頬がなまめかしい。

何よりも目を引くのは、燃えるように赤い髪だ。宝石のような緑の瞳と艶《つや》やかな赤い髪は、ルカの美貌に華やかな彩《いろど》りを添えている。

当の本人は、大勢の人々の視線を浴びてたじろいでいた。兄の結婚式のときもたくさんの人が祝いに駆けつけたが、あのときは自分は主役ではなかった。

（えっと……どうしたら……）

音楽隊の曲が終わり、人々のざわめきがいっそう大きくなる。事前の打ち合わせも忘れ、ルカは大広間の中央で立ち竦《すく》んだ。

視線の先で、父王が心配そうに玉座から立ち上がりかけているのが見える。

――そのとき、大広間の大理石の床に、高らかな靴音が鳴り響いた。

ルカも客人たちも思わず振り返る。

「あ……」

遅れてパーティーに現れたのは、群衆の中でも一際《ひときわ》目立つ長身の男。見事な金髪と青い目を持ち、精悍《せいかん》な風貌の中に甘さも併《あわ》せ持った美丈夫だ。

金の縁飾《ふちかざ》りの付いた漆黒の軍服は、バーデンバッハの王族の正装である。広い肩や厚い胸板、長い手足に黒い軍服が映《は》え、男っぽい色気をこれでもかというほど発している。

長身の男――バーデンバッハ王国の第一王子、カイザーは、迷いのない足取りで真っ直ぐルカに向かってきた。

「ルカ」

深みのある声で名前を呼ばれ、ルカは吸い込まれるようにその青い瞳を見つめてしまった。

「会いたかった」

抱き寄せられそうになり、はっと我に返る。

「な……、せ、先月も会ったばかりじゃないか……っ」

周りに聞こえないよう小声で言い、ルカはカイザーの腕からするりと逃げた。

カイザーのスキンシップが激しいのはいつものことだが、大勢の賓客《ひんきゃく》の前で抱き締められるのは勘弁して欲しかった。

「一ヶ月も会えなかったんだ。もっと頻繁《ひんぱん》に来たいのだが、私も公務が増えてきてままならない」

「バーデンバッハの第一王子がしょっちゅうルメールに来るのはまずいだろ」

「ならば、おまえがバーデンバッハに来ればいい」

「俺だって色々忙しいんだよ……っ」

小声で言い争う間に、カイザーに腰を抱き寄せられてしまう。ルカの背丈《せたけ》はカイザーの肩までしかないので、すっぽりと抱き締められるような格好になった。

さすがに皆の見ている前でバーデンバッハの王子の手を振り払うわけにはいかない。ルカはカイザーとの間に距離を作ろうと、じりじりと後ずさった。

「カイザーさま」

いつのまにか傍《そば》に来ていたネヴィルが、言外にカイザーの振る舞いを咎《とが》めるように作り笑いを浮かべた。視線で「王へのご挨拶を」と促す。

「おっと、いけない。私としたことが、ルカに会えた喜びですっかり忘れていたよ」

カイザーもにっこりと笑ってルカの腰から名残惜《なごりお》しそうに手を離し、ルメール王の玉座へと向かう。

王の側近が深々とお辞儀《じぎ》をし、ルメール王がバーデンバッハの王子を歓待するべく立ち上がる。

パーティーに遅れるなど本来ならば大変失礼なことだが、このルメールに表だってカイザーを責めることができる人物はいない。

「陛下、お招き下さってありがとうございます。ルカ王子の十七歳の誕生日、心よりお祝い申し上げます」

「おお、よく来て下さった。カイザー殿に祝福していただけるとは、ありがたき幸せ。ルカもカイザー殿がいらっしゃるのを今か今かと待ち侘びておりましたぞ」

父の言葉に、ルカは「それは違う」と突っ込みたいのを堪《こら》えた。今か今かと待ち侘びていたのはルカではなく父のほうだ。

カイザーがあからさまに嬉しそうな顔をする。

(お父さま……カイザーに媚《こ》びすぎ……)

ルメール王は良くも悪くも世渡り上手だ。貧しい国を支えるため、常に大国のご機嫌を伺《うかが》って上手く立ち回ってきた。おかげで現王の治世になってからはバーデンバッハとすこぶる良好な関係を保っている。

その関係をいっそう強固なものにするため、王はバーデンバッハと姻戚関係を結ぶことを望んでいる。ルカの妹リリアをカイザーと結婚させたくて、あの手この手で売り込み中なのだ。カイザーがルカのことを気に入ってちょくちょく会いに来るのを歓迎し、何かと理由をつけてリリアと引き合わせている。

当のカイザーはそんなルメール王の思惑《おもわく》を知ってか知らずか、頻繁にルメールを訪れて王を喜ばせているのだが……。

「さあさあ、堅苦しい挨拶はここまでにしましょう。皆さん、今宵は大いに楽しんで下さい」

今宵のパーティーのもっとも大切なゲストが到着し、ルメール王は満面の笑みで大広間に集《つど》った客人たちに告げた。

音楽隊の隊長が片手を挙げて合図し、祝いの宴にふさわしい華やかな曲が奏でられる。

着飾った男女が各々のパートナーの手を取り、大広間の中央でダンスが始まった。

ぼうっと立ち尽くしていると、ルメールの有力貴族の娘がこちらを窺《うかが》うようにじりじりと近づいてきた。ルカと同い年の彼女は、多分花嫁候補の一人なのだろう。今夜はいつも以上に着飾って、大勢の若い娘たちの中でも一際目立っている。

（えっと……ここはやっぱりダンスの相手を申し出るべき……だよな？）

彼女には何度か舞踏会で会ったことがある。ネヴィルに促されてダンスの相手をしたこともあるが、ルカにはどうもダンスに誘うタイミングというのがわからない。

彼女の視線に気圧《けお》されていると、目の前に大きな手が差し出された。

「ルカ、私と踊ってくれるか」

「うん………ええっ!?」

反射的にその手に自分の手を重ねてしまいそうになり、すんでのところでとどまる。

しかしルカのほっそりとした手は、カイザーの大きな手にしっかりと握られてしまった。

「ちょ、な、何言って……っ」

腰をがっちりと掴まれて強引に広間の中央へ連れて行かれそうになり、ルカは渾身《こんしん》の力でその場に踏ん張った。

「大丈夫だ。こないだ一緒に練習しただろう」

「いや、そういうことではなく！」

先月カイザーがルメールを訪れたとき、しょげた顔をして「どうも私はダンスが苦手でね。こっそり特訓したいので練習相手になってくれないだろうか」などと懇願《こんがん》するので、うっかり親身になって練習相手をしてしまった。女性のパートを踊るのはもちろん初めてで、苦手というわりにやけに手慣れたカイザーにくるくると踊らされてしまったことを思い出す。

「あれは練習だって言うから相手してやっただけで、人前で男同士で踊るのはおかしいだろう！」

「私はそういうことは気にしない」

「俺が気にするんだよ！」

「これこれ、ルカ、どうしたんだね」

小声で押し問答をしていると、父王が近づいてきた。父の背後で、母親である王妃も心配そうな顔で胸の前で手を組み合わせている。

「ルカにダンスを申し込んだのですが、断られてしまいまして」

カイザーが笑顔を浮かべ、ほんの少し困ったように眉を寄せる。

「……………ルカ、わがままを言ってカイザー殿を困らせるのではないよ」

一瞬の逡巡《しゅんじゅん》の後、父王は常識よりもカイザーに味方することを選択したようだ。

「だけどお父さま、男同士でダンスなんて……」

「んー、まあ、いいんじゃないかね。ダンスは男女でしなくてはならないという決まりもないしね」

遠い目をしながら、父王はルカの肩をそっと押した。一見優しげに見えるその手には、有無《うむ》を言わせぬ強さがあった。

（う……）

ここで揉《も》めて注目を浴びることは、ルカとしても避けたい。

助けを求めるようにネヴィルのほうを振り返るが、忠実な従者は微妙な笑顔を浮かべて頷《うなず》くだけだった。

（うう──……）

仕方なく、ルカは改めて差し出されたカイザーの手におずおずと自分の手を重ねた。

音楽隊の隊長がこちらをちらちらと見て、新たな曲を演奏し始める。

ルカは渋々カイザーに身を委《ゆだ》ねた。ダンスはあまり得意ではないのだが、カイザーが上手くリードしてくれるので迷わずにステップが踏める。

来客の視線が痛い。しかし誰もカイザーの行動を笑う者はいない。バーデンバッハの次期王の意向に逆らえる者などいないのだ。

（ルメール建国以来、誕生日パーティーで男とダンスした王子は、多分俺が初めてだな）

唇を歪め、ルカは自嘲《じちょう》した。王室に新たな歴史を作った王子として、後世まで語り継がれるに違いない。

「ルカ……白い軍服がおまえの美しい髪によく似合っている」

来客の視線などまったく気にしない男が、ルカをリードしながらうっとりと囁《ささや》いた。

「…………それはどうも」

そっぽを向いたまま、ぶっきらぼうに答える。

ルカの赤毛は今でこそ賞賛する者も多いが、幼少の頃は奇異《きい》の目で見られるばかりだった。両親にはことあるごとに「髪のことは気にするな」と慰《なぐさ》められ、そうやって慰められることにも密《ひそ》かに傷ついていた。

初めてこの髪を美しいと言ってくれたのは、カイザーだ。

それはルカが五歳、カイザーが十歳のときのこと。

カイザーは子供時代に一年ほどルメールで過ごしていた時期がある。ルカは大きくなってから知ったのだが、当時バーデンバッハは少々政情が不安定で、側近による謀反《むほん》の噂が流れ、城が緊迫した空気に包まれていたらしい。そのため第一王子であるカイザーは、内密にルメール王国内にある館に避難していた。

カイザーの遊び相手として、ルメール王室の中で一番歳の近かったルカが選ばれた。ルカはネヴィルや乳母とともに王が所有する避暑地の館に移り住み、カイザーがバーデンバッハに戻るまでの一年間、一緒に暮らしていた。

一番歳が近いと言っても子供の五歳違いはかなり差がある。カイザーの遊び相手というより、ルカがカイザーに遊んでもらっていたと言ったほうが正しい。

実の兄たちは歳が離れており、あまり構ってもらえなかったルカにとって、カイザーは兄たち以上に兄のような存在だった。カイザーは賢くて優しく、ほんの子供だったルカを疎《うと》むことなく遊んでくれたり勉強を教えてくれたりしたものだ。

森の館での一年間は、ルカにとって忘れがたい大切な思い出だ。カイザーと一緒に馬に乗ったり湖で遊んだりした日々を、ルカは今でも鮮やかに覚えている。

(あの頃は本当に楽しかった……)

ルカはちらりとカイザーの顔を見上げた。

湖のような青い双眸《そうぼう》と視線がぶつかり、慌てて俯く。

カイザーがバーデンバッハに戻ることになったとき、ルカはわんわん泣いてネヴィルや乳母を困らせたものだ。

別れの日、泣きすがるルカの髪を優しく撫でて、カイザーは約束してくれた。

『必ずまた会いに来る』

『本当に?』

『ああ、約束する』

そう言ってカイザーはルカの手を取り、今と変わらぬ青い瞳でじっとルカを見つめた。

『ルカ、大きくなったら私と結婚してくれるか』

『……結婚したら、ずっと一緒にいられる？』

『ああ。ずっと一緒だ』

『じゃあ僕、カイザーと結婚する』

カイザーが微笑《ほほえ》み、そっとルカの唇に唇を重ねた――。

（うわあああっ！　変なこと思い出すな！）

……ルカにとって、一番恥ずかしい思い出である。当時は結婚の意味がよくわかっていなかったのだ。

（だけどカイザーはあのとき十歳か十一歳だったよな？　五つも年下の子供……しかも男に、戯れ言とはいえよくまあプロポーズなんかしたよなあ）

結婚はさておき、カイザーは約束通りちょくちょく会いに来てくれるようになった。バーデンバッハの首都フォンブルクとルメールの首都モニクは比較的近く、馬で丸一日ほどの距離である。最近はカイザーも公務が増えて二、三ヶ月おきくらいになったが、以前は本当に毎月のように会いに来てくれたものだ。

曲が終盤にさしかかって緩やかになり、カイザーの体がよりいっそう密着する。厚い胸板に頰が触れそうになり、ルカは少しでも離れようとぐっと体を反らした。

「ルカ、私が森の館を離れる日に交わした約束を覚えているか？」

「え……？」

さっきまで心の中で回想していた思い出に触れられ、ぎくりとする。

ちょうど曲が終わり、人々の間から拍手が涌《わ》き起《お》こった。

これでようやく男同士のダンスから解放される。ルカはカイザーの質問に答えずに、そっと身を引いた。

しかしカイザーは握った手を離してくれない。

「カイザー……っ」

小さく手を振って抗議しようとすると、いきなりカイザーがルカの足元に跪《ひざまず》いた。

驚いて、ルカはその場に固まってしまった。

「この日を待っていた。十七歳の誕生日おめでとう」

「ちょ、ちょっと、どういうつもりだよ……っ」

いくら誕生日のお祝いだとしても、カイザーの行動は常軌《じょうき》を逸《いっ》している。

姫君ならまだしも、ルカは小国ルメールの第三王子でしかない。大国バーデンバッハの第一王子に跪かれるなど、あってはならないことだ。

案の定、大広間にひそひそとざわめきが広がってゆく。

「頼むからやめてくれ。皆が見てる。俺の立場も考えてくれよ」

ルカは小声で懇願した。握られた手を振りほどこうとするが、カイザーはいつになく執《しつ》拗《よう》で、離してはくれなかった。

それどころか両手でしっかりとルカの手を握り、頬ずりせんばかりに顔を寄せる。

「ルカ、私と結婚してくれ」

カイザーの口から飛び出した言葉に、ルカは大きな目を更に大きく見開いた。

「────はあああ!?」

ルカの素《す》っ頓狂《とんきょう》な声が、大広間に響き渡る。

「ようやく約束を果たすときがきた。おまえが十七になるのを待っていた……」

握られた手の甲に唇を押しつけられ、かあっと頬が熱くなる。

「……な、な……っ」

冗談はやめろ、と言おうとし、自分を見上げるカイザーの青い目がひどく熱っぽいことに気づいて狼狽《うろた》える。

「カイザー殿、どうなさいましたか！　どうぞお立ち下さい。うちのルカが何か粗相《そそう》でもいたしましたでしょうか」

人混みをかき分け、父王が慌てふためいて飛んできた。ネヴィルも緊張した面持ちで成り行きを見守っている。

「いえ、ルカに結婚を申し込んだところです。お騒がせして申し訳ありません」

跪いたまま、カイザーがにっこり笑う。

「なっ、ふ、ふざけるのはやめて下さい……っ」

父の前で妙なことを言われ、ルカは真っ赤になって怒った。子供のときのプロポーズは二人きりだったので誰にも知られていない。人前で結婚を申し込まれるのがこんなに恥ずかしいとは思わなかった。

「結婚……？　ルカと……ですか？」

父が一瞬ぽかんとし、おずおずと問う。

「はい。ルカを私に下さい」

カイザーが臆面もなく言ってのける。あまりにも堂々としているので、もしかして男同士で結婚するのは不自然ではないのではと錯覚してしまいそうになる。

父も当然面食らったような顔をしていたが、しばしの沈黙の後、うーむと唸《うな》った。

「そうですなあ……。ま、結婚は男女でしなくてはならないという決まりもないですしなあ……」

「お父さま！」

ダンスだけならまだしも、結婚まで容認されてはかなわない。ここはなんとしても、父に断固反対してもらわねばならない。

「お父さま、リリアをバーデンバッハ王家に嫁《とつ》がせるのが夢だっておっしゃっていたではないですか！　俺じゃなくてリリアを差し出すのが道理でしょう！」

「うーん……でもまあ、カイザー殿がおまえを望んでいらっしゃるしなあ……」

父の目が、カイザーをちらちらと窺う。父としては、バーデンバッハと姻戚関係を結べるのならルカでもリリアでもどちらでもいいのだろう。下手にリリアを勧めてカイザーの機嫌を損ねることがあってはならない、と計算しているのがありありと見える。

「お母さま……！」

救いを求めるように母に目を向けるが、王妃は美しい顔に曖昧《あいまい》な笑みを浮かべるばかりだ。

深窓の令嬢だった母は、決して夫の意見に反対したり口を挟んだりしない。息子が嫁がされそうになっているというのに、まったく動じる様子もなかった。

「だけど……だけど、バーデンバッハ王が納得しないだろ！」

「父にはもう話してある。少し時間はかかったが、納得してくれた」

「で、でも、側近とか、国民が許さないだろ……！」

「我がバーデンバッハは保守的な考えに凝《こ》り固まるのを良しとしていない。私の叔父は二十年前に男性の嫁をもらったこの道のパイオニアだが、そのことでとやかく言ったりするような野暮《やぼ》な輩は我が国にはいない。新しい価値観を受け入れられる国民性が、我が国に発展と繁栄をもたらしているのだ」

バーデンバッハではそうかもしれないが、ルメールは保守的な国だ。ルカは、男同士での結婚を受け入れられるほど革新的な思想を持っていない。

「そうですなあ……いつまでも旧態依然《きゅうたいいぜん》としていては、国の発展は望めませんなあ。これは我が国もバーデンバッハを見習わねばなりません。ははっ」

父が両手を揉み合わせながらカイザーに迎合する。

「ルカ、この国で生まれ育ったおまえに、今すぐバーデンバッハ流のやり方を押しつけるつもりはない。おまえが男同士の結婚に抵抗があるのもわかる」

カイザーの長い指が、ルカの輪郭を確かめるように頬から顎へとゆっくりたどる。

「だが、おまえの正直な気持ちを聞かせてくれ。私と人生をともにするのは嫌か？」

「…………」

そっと顎を持ち上げられ、ルカは吸い込まれるようにカイザーの青い瞳を見つめた。

(カイザーと人生をともにする……)

十二年前、ルカはカイザーのプロポーズに迷うことなく返事をした。

だが、あのときはまだ分別のない子供だったのだ。十七になった今、カイザーや自分の立場を考えると、気持ちだけで突っ走るわけにはいかない。

(正直な気持ち……)

――わからない。

カイザーのことは、嫌いではない。

少々強引なところもあるが、穏やかで懐《ふところ》の深い男だ。年上の友人として慕《した》っているし、一緒にいて楽しいと思う。

(だけどそれは友人としてであって……!)

ルカの緑色の瞳が揺れる。

カイザーの瞳を見つめていると、まるで魔法をかけられたかのように頷いてしまいそうになる……。

ふいに強い視線を感じ、ルカは我に返った。父の背後にいた妹のリリアが、胸の前できつく手を握りしめて、こちらをじっと見つめている。

ほんのりと頬を上気させたリリアは、はっとするほど美しかった。

顔立ちはルカとよく似ているが、金髪と青い目なのでがらりと印象が違う。とりわけその金色に輝く髪はリリアの美貌をよりいっそう高貴に彩り、正統派美姫としての評判を揺るぎないものにしている。

今日のために作らせた鮮やかなピンクのドレスに身を包み、髪にも同じ色の薔薇《ばら》を飾ったリリアは、今にも泣き出しそうな目をしていた。

（リリア……）

ルカには、リリアの気持ちが痛いほど伝わってきた。

父が政略結婚を望んでいることとは別に、リリアはカイザーを慕っている。

カイザーのような非の打ち所のない貴公子とちょくちょく顔を合わせていたら、年頃の娘が惚《ほ》れないわけはない。大人しく内気なリリアは決して口にはしないが、ルカにはリリアの熱い視線がカイザーに向けられていることをよく知っている。

片想いをしている男が、あろうことか目の前で自分の兄にプロポーズしたのだ。リリアはどんなにか傷ついているだろう。

リリアの瞳から大粒の涙がはらりと零《こぼ》れる。

ルカはまだ自分の手を握っているカイザーの手を、もう片方の手でそっと外した。

「……私はあなたとは結婚できません」

顔を背《そむ》け、硬い声でカイザーに告げる。

カイザーが何か言い募ろうとしたが、ルカはそれを遮《さえぎ》るように妹を呼び寄せた。

「リリア、カイザー殿のダンスのお相手を頼む」

そう言って、くるりと背を向ける。

カイザーはそれ以上は追ってこなかった。

しんと静まり返って成り行きを見守っていた人々が、再びざわめき始める。演奏を中断していた音楽隊が、こちらを窺うようにおずおずと演奏を再開させた。

リリアは美しいだけでなく、心優しく賢い姫だ。カイザーとリリアなら、理想的な夫婦になれるだろう。

(迷うまでもない。俺とカイザーが結婚だなんて、どう考えても無理だ)

一瞬でも迷ってしまった自分が可笑《おか》しくて、ルカは口元に自嘲的な笑みを浮かべた。

(ルメール建国以来、誕生日パーティーで男に求婚された王子も俺が初めてだな……。まったく、とんだお笑い種《ぐさ》だ)

笑みを浮かべたまま、ルカの唇が歪む。

「まあ、なんとお美しい」

「カイザーさまとリリアさまは本当にお似合いですわねえ」

先ほどのプロポーズ騒動はなかったかのように、広間のあちこちから感嘆のため息が漏れる。

……カイザーがリリアと踊っているところを見たくない。ルカは傍に控えていたネヴィルに小声で囁いた。

「気分がすぐれない。俺は部屋に戻る」

「はい」

ネヴィルを従えて、ルカは振り返らずに大広間を後にした。

◇◇◇

その夜、ルカはなかなか寝つくことができなかった。

パーティーを抜け出して自分の部屋に戻ってから、ずっとカイザーのことが頭から離れない。

ベッドに横たわって目を閉じても、神経が高ぶっているのか全然眠くならなかった。寝返りを打って、ルカは大きくため息をついた。

（まったく……あんな大勢の客の前で男にプロポーズするなんて……）

まさかカイザーが十年以上前のプロポーズのことを覚えているとは思わなかった。

あれ以来結婚の件は一度も口にしたことがなかったので、とっくに忘れているのだと思っていた。

（カイザー……あれからどうしたのかな）

パーティーはルカが抜けた後も滞《とどこお》りなく行われたとネヴィルに聞いた。

成人の誕生日祝いは通常の誕生日パーティーとは違って、ルカ本人を祝うというより国王へのお祝いがメインである。決まり切った国の行事のようなものなので、ルカがいようがいまいがあまり関係なかったようだ。

カイザーのプロポーズは当然客たちの耳にも届いていただろう。バーデンバッハの王子の愚行《ぐこう》を表立って笑う者はいなかったが、内心呆れているに違いない。

（まったく。あいつ、ユージニア大陸一の貴公子とか言われてるのに、今夜の一件で評判がた落ちだな）

もう一度寝返りを打ち、ルカは月明かりの差し込む窓辺を眺めた。

カイザーをはじめ、他国の王室からの来客は今夜ルメール城に泊まっているはずだ。

明日の朝、カイザーと顔を合わせたらいったいなんと言えばいいのだろう……。

「あーもう、考えるのやめやめ！」

声を出して自分に言い聞かせ、ルカは瞼《まぶた》を閉じた。

振り払っても振り払っても、カイザーの青い瞳がちらつく。青い瞳の残像に誘われるように、ルカは遠い昔のことを思い出した。

カイザーに初めて会った日のこと、森の館での楽しい日々、庭の片隅の、お気に入りの木陰……。

ふいに、大きな樫《かし》の木の下で上着を被って一人泣いていた日のことが甦《よみがえ》る。

（あれはカイザーと一緒に暮らし始めて間もない頃だったっけ……）

『ルカ、どうしたの？　なぜ泣いてるんだい？』

『…………っ』

カイザーが隣に座り、ルカの顔を覗き込んだ。慌ててルカは顔をごしごしと擦《こす》って、顔を隠すように深々と上着を被り直した。

『ジャンに何か言われたのかい？』

ジャンは森の館の門番の息子だ。王子たる者門番の息子などと一緒に遊んではいけないと再三言われていたのだが、同じ年頃の子供のことなのですぐに打ち解けて、よく一緒に遊んでいた。

ずびーっと洟《はな》をすすり上げ、ルカは嗚咽《おえつ》を漏らした。

『……ジャンが、おまえの髪は真っ赤っかだ、って。変な色だって村の人たちもみんな笑ってるぞ、って……！』

些細《ささい》なことで喧嘩し、ジャンが悔し紛れに言い返した言葉が、幼いルカを深く傷つけた。面と向かって赤毛をからかわれたのは初めてだった。城では誰もその件については触れなかったが、言われるまでもなくルカは自分の赤毛を気にしていた。

カイザーがルカを抱き寄せ、被っていた上着をめくって赤い髪にそっとキスをした。

『カイザー……？』

『変じゃないよ。すごく綺麗な色だ』

『嘘……』

『嘘じゃない。私はルカの髪、大好きだよ』

『…………ほんとに？』

『ああ。こんなに美しい色は見たことがない。この素晴らしさがわからないなんて、ジャンは間抜けだ』

いつも上品なカイザーがジャンが使うような俗っぽい言葉を口にしたので、ルカは思わず声を立てて笑った。

カイザーも微笑み、愛しげにルカの髪に指を絡《から》めた。

『ルカ、よく覚えておいで。誰になんと言われようと、気にしなくていい。他の誰でもないこの私が美しいと保証したのだから、自信を持て』

カイザーの言葉を思い出し、ルカはベッドの中で苦笑した。

(他の誰でもないこの私が、か。そりゃあバーデンバッハの第一王子が美しいと言えば、誰も反論できないよな)

カイザーは物腰こそ柔らかだが、常に揺るぎなく自信に満ちている。

(ほんと、生まれながらの王子さまっていうか、ナチュラルに俺さまだよなあ……。結構人の話聞いてないところもあるし、マイペースというかなんというか)

目を閉じたまま、ルカはあくびをした。ようやく眠気が訪れてくれたようだ。

毛布をたぐり寄せて、ルカはうとうとと眠りに落ちていった。

◇◇◇

……どれくらい時間が経《た》ったのだろう。

夜半にふと、ルカは息苦しさを覚えて目を覚ました。

「ん……」

寝返りを打ちたいのに、体が重くて動かない。

「……!?」

間近に誰かの息遣いを感じ、ルカはぎょっとして大きく目を見開いた。

眠気は瞬時に吹き飛び、背中にじわっと汗が噴き出す。

その背中に、他人の体温が密着している――。

「だ、誰だっ、んぐっ！」

叫ぶと同時に、大きな手に口を塞《ふさ》がれる。

「しーっ」

耳元で囁いたのは、聞き覚えのある低い声だった。男はくすりと笑って、ルカの耳を甘く噛《か》む。

(なっ、カ、カイザー!?)

なぜカイザーが自分のベッドの中にいるのだろう。

寝る前にいつものように部屋の扉には鍵を掛けたし、窓には侵入防止のための飾り格子が嵌《は》められている。

カイザーにプロポーズなんかされたせいで、変な夢でも見ているのだろうか。

「ひゃ……っ！」

口を塞いでいたカイザーの手が、ルカのほっそりした顎から首へと這《は》わされる。

夢ではない。確かにカイザーがベッドにいて、ルカの体を背後からしっかり抱き締めるようにして横たわっている。

「おい！　なんでおまえがここにいるんだよ！　鍵、どうやって開けた!?」

肘《ひじ》で背後の逞《たくま》しい胸板を突き上げ、ルカはカイザーの束縛から逃れようともがいた。

「ん？　ネヴィルに開けてもらったよ」

ルカの抵抗など、カイザーにはまったく堪《こた》えていないようだった。体重をかけるようにしてのしかかられ、ベッドに俯せに組み伏せられてしまう。

「ネヴィルが!?　うああっ、や、やめろって！」

ねっとりと首筋を舐め上げられ、ルカは首を竦めた。

体は細くて小さいが、ルカは決して弱々しいわけではない。カイザーにいいようにされているのが腹立たしくて、無茶苦茶に暴れた。

「いてっ！」

勢い余って、ルカはベッドの下に転がり落ちた。

「大丈夫か」

カイザーもベッドから抜け出し、絨毯《じゅうたん》の上にうずくまるルカの前に跪く。

月明かりが煌々《こうこう》と室内を照らしており、ルカにはカイザーの姿がはっきりと見えた。

白い夜着の前がはだけ、逞しい胸が覗いている。少し乱れた髪が額にかかり、それがやけに色っぽい。

なぜか直視できなくて、ルカは視線をそらした。

「ど、どういうことだよ！」

「夜這《よば》いだ」

「はあ!?」

カイザーの口から飛び出した言葉に、思わず夜着の前をかき合わせる。

「結婚するまで待とうと思ったのだが、もうこれ以上は我慢できそうにない。おまえが十七になるまでずっと待ってたんだ……！」

カイザーの眼差しが、薄闇の中でもひどく熱を帯びているのがわかった。

プロポーズのときと違って、その瞳と声にははっきりと欲情がにじみ出ている。

欲望を剥《む》き出《だ》しにするカイザーを、ルカは初めて見た。それは決して卑《いや》しくはなく、むしろ若い牡《おす》の荒々しい魅力に満ちていて……。

「ルカ……！」

「うわあああっ！」

襲いかかってきたカイザーに絨毯の上に押し倒され、ルカは目を白黒させた。

「契《ちぎ》りは婚礼の日の初夜まで待つ……だが少しだけ……」

いつになく切羽詰《せっぱつ》まった声で囁いて、カイザーが強引に唇を重ねてくる。

「んうっ！」

唇にむしゃぶりつかれ、ルカは四肢をばたばたさせた。しかしルカの体をがっちりと押さえつける逞しい体はびくともせず、熱い舌が口腔内に潜《もぐ》り込んでくる。口の中を蹂躙《じゅうりん》されるようなキスだった。カイザーにキスされたのは初めてではないが、こんなキスは初めてだ。

いつもは優しく頬や耳に唇を触れさせるだけで、ルカが恥ずかしがると困ったように笑ってやめてくれる。時折ルカの隙を狙って唇を盗むこともあったが、それもほんの少し唇の表面を掠《かす》めるだけだった。

(怖い……！)

欲望を剝き出しにして迫ってくるカイザーが、知らない男のようで怖かった。

恐怖感と息苦しさで、ルカの眦《まなじり》にじわっと涙がにじむ。

「うう……っ」

喉の奥から嗚咽が漏れ、頬をぽろぽろと涙が伝う。

「ルカ……」

カイザーが唇を離し、ルカの髪を撫でる。

「や、やだ……うう……」

ルカは子供のようにしゃくり上げた。十七にもなってカイザーの前で泣くのは恥ずかしかったが、涙も嗚咽も止まらない。

カイザーが体を起こしてルカを抱き上げた。ベッドの端に腰掛け、ルカを膝に載せてあやすように抱き締める。

「悪かった。もうしない」

そう言いながらもカイザーの手はしっかりとルカの腰を抱き、もう片方の手が背中をさする。

布越しの熱い手のひらの感触に、ルカはぞくりと肌を粟立《あわだ》たせた。

それは決して嫌悪感ではない。未熟な官能を呼び覚ますような何かに、ルカは小さく震えた。

（あ……っ）

夜着の下で、いつのまにかルカは兆《きざ》し始めていた。

まだ完全には勃起《ぼっき》していないが、硬くなりかけているのが自分でもわかる。

キスされたときからこうなっていたのかもしれない。恥ずかしくて、ルカは感じ始めた部分を隠すように脚をもじもじと擦り合わせた。カイザーに気づかれているだろうかと冷や汗が出る。

「結婚の話は本気だ。私の伴侶はおまえしか考えられない」

「で、でも、あっ」

カイザーの手が夜着の中に潜り込んできて、ルカは思わず声を上げた。

背中に直に触られ、心臓がやかましいくらいにどくどくと鳴り響く。

「うわ……っ」

カイザーがゆっくりとルカをベッドの上に押し倒す。

素早く夜着の前をはだけられ、ルカの白く平らな胸が露《あら》わになる。夜着をかき合わせようとするが、両腕を押さえつけられてしまった。

いつもは暗い室内が、こんな夜に限って明々と月明かりに照らされている。ルカの薄い胸は、カイザーの目にもはっきりと見えているはずだ。

カイザーが息を飲む気配がする。

「なんと可愛らしい乳首だ……」

「な……！」

かあっと赤くなり、ルカはカイザーの視線から逃れようと体を捻《ひね》った。

男なのに乳首が可愛いなどと言われ、屈辱感に唇を噛みしめる。

しかしカイザーの指摘は事実だった。白く滑らかな肌にぽつんと浮かんだ乳首は淡い桃色で、まるで雪原に楚々《そそ》とした花が二輪咲いているかのように愛らしい。

いつもは柔らかく佇《たたず》んでいるピンクの花が、外気に晒されてつんとおしべを尖らせる。

乳輪の中央にぷつんと小さな丸い粒ができて、そこだけほんの少し色を濃くしてふるりと揺れる。

物心ついてから、ルカは他の男の……いや、女も含めて他人の乳首など見たことがないのでわからなかったが、ルカの乳首は初々しいくせにひどく淫蕩《いんとう》な香りを撒《ま》き散らして男を誘っていた。

「まいったな……こんなに可愛らしいなんて……」

カイザーの熱い手が脇腹から胸へと撫で上げる。

「ひゃ……っ！」

硬い手のひらに胸板をまさぐられ、ルカは声を上げた。生意気に男を誘っていた肉粒が、カイザーの大きな手に押し潰《つぶ》されてひしゃげる。

凝《しこ》った肉粒に、今まで感じたことのない奇妙な感覚が生まれる。それは痛いようなむず痒いような、なんとも名付けがたい感覚だった。

「さ、触るな！」

自由になった手でカイザーの手を振り払おうとしたが、両手首を片手でがっちりと摑まれ、頭の上に万歳《ばんざい》するようにまとめて縫《ぬ》い止められてしまった。

背中が浮き、カイザーに向かって胸を突き出すような格好になってしまう。乳頭はますますつんと尖ってカイザーを誘った。

「ひゃあああっ！」

いきなり左の乳首に口づけられ、ルカは悲鳴を上げた。

ずきずきと疼《うず》いていた乳首がカイザーの唇で覆われ、そればかりか痛いほどにきつく吸われる。

「カイザー！　何するんだよ！　や、やめろって！」

体を捩《ねじ》って暴れるが、カイザーに押さえつけられた手はびくともしない。下半身もカイザーが跨《またが》るようにして両脚で押さえ込んでいる。

「やっ、やあんっ！」

熱い舌でねっとりと舐められ、乳頭を舌先でちろちろと刺激され、ルカはたまらず無意識に腰を揺らした。

腰のあたりに急速に熱がこみ上げる。おしっこを我慢しているときのような、それでいて気持ちいいような不思議な感覚だった。

舌先で乳頭を転がされ、もっときつく噛んで欲しくてもどかしいような気持ちになる。

(あ……っ、あそこが……!)

先ほどまで半勃ちだったペニスが完全に勃起している。

先走りが溢《あふ》れて夜着を濡らす感触に、ルカは呆然とした。

他人の、それもカイザーの手で勃起してしまったことに、ひどく動揺する。

しかもペニスを触られたわけではない。乳首を弄《いじ》られ、吸われただけで痛いほどに張り詰めてしまった。

奥手なルカだが、自慰《じい》を知らないわけではない。ネヴィルが自分で処理する方法を教えてくれたのだが……なんとなくいけないことのような気がして、ルカはあまり自らを慰めることはなかった。

自分でするときも、乳首など弄ったことはなかった。それどころか普段は存在さえ忘れているような場所だ。

乳首を口に含みながら、カイザーがくすりと笑う。

「ルカはここが気持ちいいんだな」

「な、ち、違……っ」

カイザーがちゅっと音を立てて乳首にキスし、体を起こしてルカの夜着を毟《むし》り取る。

下着を着けていなかったので、小ぶりなペニスが裏筋を見せて反り返り、透明な先走りで初々しいピンク色の亀頭がしとどに濡れている様が露わになってしまった。

「……っ！」

カイザーの視線を感じて、ルカは耐えられずに唇を噛んでそっぽを向いた。

カイザーに、乳首を吸われて勃起していることを知られてしまった。恥ずかしくてどうにかなりそうだった。

カイザーはペニスには触れず、先ほどまで吸っていた乳首をきゅっと指先で摘《つま》む。

「ひゃんっ！」

繊細で刺激に弱い乳首が、カイザーの少しざらついた指の腹で摘まれて痛い。痛いだけならいいが、摘まれた乳首から明らかに痛みではない何かがじわっと広がってゆく。

ルカの両手首を拘束《こうそく》していた手を離し、カイザーが両手で胸を揉むように撫で回す。

「あっ、やっ、やだ！」

ようやく自由になった手でカイザーの手を払いのけようとするが、まったく力が入らない。

カイザーがルカの胸をまさぐりながら、ペニスがひくひくと揺れて先走りを漏らす様をじっと見つめている。まるでルカが乳首への刺激でどの程度感じるのか推《お》し量《はか》っているかのようだ。

射精が近いのを感じ、ルカは内股を閉じて必死で堪えた。

「あ、あっ、あああっ!」

――両方の乳首を同時に摘まれ、きゅっと引っ張るようにつねられた瞬間……目の前が真っ白になった。

一瞬意識が飛びそうになるほどの強烈な快感だった。

目の焦点が合うにつれ、自分の白い胸に白濁《はくだく》の液が飛び散っているのがわかる。

(で、出ちゃった……)

こんな、我を忘れるような射精は初めてだ。ルカのペニスはまだ硬さを保っており、未練がましく残滓《ざんし》を漏らしている。

カイザーの胸にも自身の放った精液が飛び散っているのがわかり、ルカは恥ずかしさで消え入りたくなった。

ルカが声にならない声を上げて身悶《みもだ》えるのを眺め、カイザーが満足そうににやりと笑った。

いったばかりの敏感な体に、カイザーの弄虐《ろうぎゃく》は刺激が強すぎて辛い。

カイザーに親指の腹で乳首をくりくりと弄《もてあそ》ばれ、ルカは肩で息をしながら目を潤《うる》ませた。

「やっ、もう触るな……っ」

「気持ちよかったみたいだな」

「おっぱいを触っただけで漏らすなんて、私もちょっとびっくりしたよ」

今夜のカイザーはいつになく意地が悪い。ルカは耳まで赤くなり、涙目で言い返した。

「お、俺は男だからおっぱいなんかない！」

「ん？　ここはおっぱいじゃないのか？」

「やあんっ！」

カイザーに胸板をむぎゅっと摑《つか》まれ、ルカはびくびくと体を震わせた。自分でもびっくりするような声が出てしまい、慌てて両手で口を塞ぐ。小さな肉粒がカイザーの手のひらの下でくにくにと押し潰され、足の指までびびっと快感の波が押し寄せる。

カイザーがルカの反応を確かめるように、ゆっくりと手のひらで乳首を転がす。弾力のある肉粒はカイザーの手のひらの感触にこりこりと凝って悦《よろこ》んだ。

「ルカはおっぱいが感じるんだな。普通は男は胸を触られただけで射精したりしない。だが稀《まれ》に乳首に性感帯のある男もいるそうだ」

「ち、違……っ、ああっ」

「小さくて可愛いのに、いやらしいおっぱいだ」

「……っ」

カイザーの言葉に、自分の胸は他人と違っておかしいのだろうかと不安になる。

「自分でもここを弄ったりしているのか？」

質問の意味がわからず、ルカは潤んだ瞳でカイザーを見上げた。

一瞬の後、それが自慰のことを指しているのだと理解して真っ赤になる。

「い、弄ってない……！」

「他人に触れさせたことは？」

「あるわけないだろ！　あ、あひいっ」

ぎゅっと肉粒を摘まれ、痛さに涙がぽろぽろと零れ落ちる。

痛いだけならまだよかった。乳首を摘まれると、明らかにペニスに直結した快感が生じてルカを懊悩《おうのう》させる。

「あ、もう嫌、やめて、ううーっ」

ついにルカは、子供のように泣きじゃくり始めた。初な体にはこれ以上の刺激は耐えられそうにない。

「ルカ……」

カイザーが吐息混じりに名前を呼び、乳首を虐《いじ》めるのをやめてルカの体に覆い被さるようにして抱き締める。

(あ……！)

下腹部に当たる硬い感触に、ルカはびくっと体を竦ませた。

カイザーのそこも勃起していた。

カイザーが低く唸り、がばっと起き上がって乱暴に自分の夜着を脱ぎ捨てる。

「……っ！」

月明かりにくっきりと浮かび上がったカイザーの裸体に、ルカは息を飲んだ。

広くてがっちりした肩、逞しい腕、厚い胸板は、ルカの華奢《きやしや》な体と違って筋肉に覆われて雄々《おお》しく盛り上がっている。

(う、うわ……)

体の中心で猛々《たけだけ》しく勃起している性器に、ルカは思わず目をそらした。

しかし強烈な残像が焼きついて、目の前がくらくらする。

カイザーのペニスはルカのものとは比べものにならないくらい大きく、長さも太さも倍ほどもありそうだった。

（大人の男のって、あんななんだ……）

形も色もルカの幼いものとは全然違う。太い茎《くき》の部分には血管が浮かび上がり、剝き出しの亀頭は大きく張り出して濡れていた。

「あ……っ」

どくんとペニスが脈打ち、ルカは脚を擦り合わせた。幼いペニスが再び頭をもたげ始めるのがわかる。

カイザーのそれに比べるとひどく未熟で恥ずかしい。隠そうと股を閉じて両手で覆うと、カイザーに両手首を握られた。

「ああっ！」

カイザーが再びルカに覆い被さる。熱い肌が直に触れ合い、カイザーの男っぽい体臭が鼻腔《びこう》をくすぐる。

カイザーの肌を感じ、猛々しい屹立《きつりつ》を自身のものに直に擦りつけられ、ルカは身悶えた。

「い、いやっ、カイザー！」

「ルカ……」

熱に浮かされたように、カイザーが耳元でルカの名前を繰り返す。

「やだ、あっ、あ、あん……っ」

大きさの違う二つの性器が、二人の体の間で擦れ合う。

先ほど放ったルカの精液と、互いの先端から溢れ出す先走りが絡み合い、ぬちゃぬちゃと湿った音を立てる。

「あ、や、やめて……っ、嫌だあっ」

口では拒絶しながら、ルカは無意識にカイザーの腕にしがみついていた。

頭がぼうっとしてきて、ペニスと乳首の感覚だけがやけに鮮明に感じられる。

「あ、で、出るっ」

「出していいぞ……！」

「あ、ああっ、ああ……っ！」

二度目の射精は最初ほど勢いがなく、失禁したようにじわっと漏れた。射精している間にも、カイザーが容赦《ようしゃ》なく裏筋を擦り合わせる。

経験のないルカには、それが限界だった。

「ルカ……！」

内股に熱い飛沫《しぶき》を感じながら意識が薄れていく。

カイザーの腕の中で、ルカは深い眠りに落ちていった。

◇◇◇

ごろりと寝返りを打つと、明るい光が瞼を刺激した。目を閉じたまま、ルカは顔をしかめた。

（……眩《まぶ》しい）

窓から差し込んだ朝日が、ちょうど顔に当たっているようだ。再び眠りに就《つ》こうと、ルカはもぞもぞと毛布を引っ張り上げて顔を覆った。

誰かがくすりと笑う気配がする。

「……!?」

驚いて、ルカはがばっと飛び起きた。

「おはよう、ルカ」

カイザーが、ベッドサイドに置かれた革張りの肘掛け椅子で優雅に脚を組んでいる。

ルカと目が合うと、カイザーはにっこりと微笑んだ。

「な、なんでおまえが……っ」

俺の部屋にいるんだ？　と続けようとした途端、夕べの出来事が鮮明に甦る。かあっと体温が上がり、顔が赤くなるのがわかった。

カイザーは白いシャツと黒い上着を身につけ、すっかり身支度《みじたく》を整えていた。どうやら一旦《いったん》自室に戻って着替えてきたらしい。

慌ててルカは、寝乱れてはだけかかっていた夜着の前をかき合わせた。

(ちょっと待て。俺、あのあと自分で着た覚えがない……)

ということは、カイザーが着せてくれたのだろうか。ぼぼっと音がしそうなくらい赤くなり、ルカは毛布を引っつかんで体に巻きつけた。

「俺の部屋で何してるんだよ！」

「ん？　おまえの寝顔に見とれていたんだよ」

カイザーが真顔で言うので、ルカは思わず目を逸らした。

「……ふざけるな！」

「昼間の太陽の下で見るのもいいが、こうして朝日の柔らかな光の中で見るのもいいものだな」

「ひゃ……っ」

カイザーが椅子から立ち上がり、ルカに手を伸ばす。

大きな手で髪を撫でられ、ルカは首を竦めた。

「かっ、勝手に触るな！　うわあっ、ちょ、ちょっと！」

ルカの赤毛を一房《ひとふさ》手に取り、カイザーが唇を寄せる。

髪にキスされ、頬にもキスされそうになり、ルカはカイザーの胸を押しやった。

「やめろって言ってるだろ！」

カイザーは意に介さず、ベッドに座ってルカをしっかりと抱き締めた。

「ふがっ！　おい！」

「夕べルメール国王陛下とも相談したのだが、結婚はなるべく早いほうがいい。夏か、遅くとも秋には式を挙げることにしよう」

「俺はまだ承諾《しょうだく》してない！」

カイザーの腕の中でもがき、ルカは叫んだ。

「まだ、ということはいずれ承諾するということだろう。式の準備もあるから、話は早めに進めておかないとね」

暴れるルカを根気よく抱き締め続け、カイザーが子供に言い聞かせるように諭《さと》す。

「違う！　俺はおまえとは結婚しないって言ってるんだよ！」

「何をそんなに頑《かたく》なになっているんだ？　夕べのことで拗《す》ねているのか？」

カイザーが心底不思議そうに言うので、ルカはカイザーの胸ぐらを摑んで睨みつけた。

「拗ねてるんじゃない！　怒ってるんだよ！」

怒り狂うルカを見つめて、カイザーが黙って唇に笑みを浮かべる。

指先で顎を掬《すく》うように持ち上げられ、ルカはぎょっとした。

(う……っ)

肉感的な唇がやけに色っぽくて、落ち着かない気分にさせられる。夕べこの唇で体のあちこちにキスされた感触が甦り、ルカはぶるっと背筋を震わせた。

間近に青い瞳に見つめられ、その瞳に吸い込まれそうになる。

「ルカは私のことが好きだろう？」

カイザーの言葉はまるで催眠術のようで、つい頷いてしまいそうになる――。

ノックの音で、ルカははっと我に返った。

「失礼いたします」

するりと部屋に入ってきたのはネヴィルだった。

ベッドの上でカイザーに抱き締められるような格好になっていたルカは、慌ててカイザーを突き飛ばした。

しかしカイザーはびくともしない。

「おはようございます、カイザーさま、ルカさま」

端《はた》から見ればベッドでいちゃついているようにしか見えないが、ネヴィルは顔色一つ変えず平然としている。

「おはようネヴィル」

ルカを腕に抱いたまま、カイザーもにっこり微笑んで答える。

「おくつろぎのところ申し訳ありませんが、そろそろ出発のお時間です」

「ああ、もうそんな時間か。……ルカ、本当はもっとゆっくり話をしたかったのだが、どうしても抜けられない公務があってね」

「あー帰れ帰れ。いい加減離せよ！」

「ルカさま、なんですかその言い方は」

ルカの態度をネヴィルがたしなめる。ルカはむっとして唇を尖らせた。

(むむっ、なんだよ、ネヴィルまでカイザーに味方しやがって)

そういえば夕べ、カイザーはネヴィルに鍵を開けてもらったと言っていた。そのことについて、あとでネヴィルを問い質《ただ》さなくてはならない。

「ルカ、近いうちにまた会いに来る」

そう言いながら素早くルカの頬にキスし、カイザーはベッドから立ち上がった。椅子の背に掛けてあった黒いマントを手に取り、悠然《ゆうぜん》とルカの部屋を後にする。

「城門までお送りいたします」

ネヴィルもカイザーに従う。

部屋に一人きりになり、ルカはベッドに仰向けに倒れて深いため息をついた。


「おまえがカイザーを手引きしたのか」

しばらく経って部屋に戻ってきたネヴィルに、ルカは開口一番尋ねた。夜着の上に白いガウンを羽織り、仁王立ちになってネヴィルを睨みつける。

カイザーのことだから上手くネヴィルを言いくるめたのだろうが、それにしても仮にもプロポーズしたような男を深夜に寝室に招き入れるなんて正気とは思えない。常に慎重で思慮深いネヴィルらしからぬ軽率な行動だ。

「はい」

ネヴィルがすんなり認める。その声には悪びれた様子が一切《いっさい》ない。

「どっ、どういうことだよ！　俺に黙って勝手なことして……っ！」

「ルカさまのためです」

「はあ!?」

ネヴィルのセリフに、ルカは目を剝いた。

ネヴィルの灰色の瞳が、ルカをじっと見つめる。

「ルカさま。私はあなたが五歳のときから……そう、あのアーデンの森の館に移り住むことが決まった日から、ずっとあなたにお仕えしてまいりました。僭越《せんえつ》ながら、単なる従者という以上にルカさまをお慕い申し上げております」

改まってそんなことを言われ、ルカはごくりと唾《つば》を飲み込んだ。

ネヴィルの言葉に嘘はない。五歳のときからずっと一緒に過ごしてきたルカには、ネヴィルがいかに自分を慈《いつく》しんで育ててくれたかよくわかっている。

「私は何よりルカさまの幸せを願っております。ルカさまのご結婚のことは、私もずっと悩んでおりました。他国の姫君や国内の有力な貴族の娘など、ルカさまのご存じないところでかなり昔から花嫁選びは始まっていたのですが……正直、私の目から見てルカさまにふさわしいと思えるかたはいませんでした」

ルカは黙ってネヴィルの言葉の続きを待った。

「一応ルカさまのご意思も尊重しようと思って、舞踏会やお茶会などの機会にそれとなく引き合わせてきたのですよ。どなたか意中の姫君はおられましたか?」

少し考えて、ルカは首を横に振った。皆それぞれに美しい娘たちだったが、心惹《こころひ》かれた出会いはなかった。

ルカの反応を見て、ネヴィルが微笑んだ。

「あなたはルメール王国の王子ですから、愛だの恋だのだけでは結婚できないことは私もよくわかっています。それでも、打算なしにあなたを愛し、大事にしてくれるかたと結婚して欲しい。そう願わずにはいられません」

「ネヴィル……」

ネヴィルの言葉に、ルカは胸が熱くなった。不覚にも涙が湧き上がってくる。

「ですからカイザーさまとご結婚なさるのが一番かと」

「………ちょっと待て」

流しかけた涙を引っ込め、ルカは自分がネヴィルに腹を立てていたことを思い出した。

「何が『ですから』なんだよ!?　おまえまでカイザーに毒されちまったのか!?」

「男同士ということを気になさっているのですか?」

「あっ、当たり前だっ!」

顔を真っ赤にして怒るが、ネヴィルは涼しい顔をしている。

「ルカさまはまだ男同士の結婚に戸惑っていらっしゃるのですね。でもカイザーさまのおっしゃるとおり、これからはもっと柔軟な考えを身につけたほうがよろしいですよ」

「でも、お、俺がなんで……っ」

「ルカさま」

ネヴィルが真剣な顔つきでルカの言葉を遮った。

「私とて、男同士という点に戸惑いがなかったわけではありません。ですが、あまたの花嫁候補と比較検討して、やはりカイザーさまが最適と言わざるを得ません。政治的な面においても、今後ますますバーデンバッハ王室との結びつきは必要不可欠です。第一王子のカイザーさまが是非《ぜひ》にと望んで下さっているのですよ。こんないい縁談、ほかにはありません」

「だからそれはリリアに……」

「ルカさま、私はルカさまのために申し上げているのです」

「……だからって、夜中に勝手に部屋に入れるなんて……！」

ネヴィルが深々と頭《こうべ》を垂れた。

「その点は謝ります。ですが、ことは急を要しているのです。昨日のパーティーの後、ハドリー伯爵やモラン侯爵がさっそく私のところに血相変えて飛んできました。うちの娘との縁談はどうなっているのだとずいぶん責められましたよ。カイザーさまのほうはもっと大変だと思います。アメリアやブランドルの王室が黙っていないでしょう。あの手この手で自分のところとの縁談を進めようとするに違いありません。私としては、早急にこの縁談をまとめたいのです」

「俺は嫌だ」

ネヴィルの灰色の瞳を見据《みす》えて、ルカはきっぱりと言った。

「夕べカイザーさまに何か無体なことをされたのですか」

淡々と問われ、ルカは真っ赤になった。肯定も否定もしたくなくて、無言でネヴィルを睨む。

「カイザーさまは、ルカさまに無体なことはしないと約束して下さいました。私はそれを信じております」

「さ、されたよ!」

「最後まではされてないでしょう?」

さらっと言われて、ルカの全身の血が沸騰《ふっとう》し、頭から湯気が出た。

カイザーが自分にしたあれこれを知られているのかと思うと、恥ずかしくて卒倒《そっとう》しそうになる。

「この件については、また日を改めて話し合いましょう」

ルカが口をぱくぱくさせながら何か言い返そうと言葉を探しているうちに、ネヴィルはさっさと部屋を出ていってしまった。

(無体なことはしないと約束しただと!?　思いっきりしたじゃないか！)

部屋に一人きりになったルカは、髪をぐしゃぐしゃと掻き回して地団駄《じだんだ》を踏んだ。

カイザー、病に倒れる!

誕生日パーティーから五日。ルカは鬱々《うつうつ》とした日々を過ごしていた。

成人したことで公の場で人と会う機会も増えたが、会う人ごとにカイザーの求婚の件を遠回しに尋ねられ、うんざりしている。

ネヴィルには不機嫌を顔に出すなと再三言われているのだが、作り笑いを浮かべることにほとほと疲れてしまった。

(今日だってハドリー伯爵にすっごい嫌味言われたし……まったくあいつのせいで!)

夕食を終えて自室に戻り、ルカはぐったりとベッドに突っ伏した。

今日はとある貴族の昼食会に招かれ、ネヴィルと共にモニクから少し離れた場所にある館《やかた》へ出かけてきた。久しぶりに馬に乗って思い切り走ることができてそれは楽しかったのだが、例によって昼食会に集まったメンバーから質問責めに遭ってしまった。

『あれはカイザー王子の冗談ですよ。私は昔からよくからかわれるんです』

そう言い張って切り抜けたが、向かいの席からルカの花嫁候補の一人であるハドリー伯爵令嬢に物言いたげな目つきでじっと見られて、せっかくのご馳走《ちそう》も食べた気がしなかった。奥ゆかしい令嬢はルカに直接求婚の件を問い質したりはしなかったが、視線にはたっぷりとルカへの非難……いや、嫉妬《しっと》が込められていた。

嫉妬と言っても、令嬢がルカを愛しているわけではない。

（カイザーの花嫁になる人は、ユージニア大陸中の女性から嫉妬されるんだろうなあ……）

バーデンバッハの第一王子で、しかもあれだけの美丈夫だ。年頃の女性が夢中になるのも当然のことだろう。

ふと、扉をノックする音が聞こえた気がして、ルカは顔を上げた。

「はい？」

「お兄さま……私です」

「リリア？」

妹の来訪に、ルカは慌ててベッドから起き上がって扉へ駆け寄った。

リリアがルカの部屋を訪ねてくるのは珍しい。仲が悪いわけではないが、内気なリリアには兄妹とはいえ気軽に話しかけづらい雰囲気があり、普段は顔を合わせてもほとんど話をしない。

扉を開けると、菫色《すみれいろ》のドレスに身を包んだリリアが思い詰めた顔をして立っていた。その表情に、ルカはどきりとする。

（カイザーのことだよな……きっと）

ごくりと唾を飲み込み、ルカは「お入り」とリリアを招き入れた。

パーティー以来何かと慌ただしくて、こうしてリリアと二人きりで話をするのは初めてだ。椅子を勧めると、リリアは小さく首を横に振った。

「お兄さま……カイザーさまと結婚なさるの？」

リリアの声は震えていた。胸の前で両手を組み合わせ、今にも泣き出しそうな顔でルカをじっと見つめる。

「……まさか。男同士で結婚するわけないだろう」

笑顔を作り、ルカはリリアの懸念《けねん》を一蹴《いっしゅう》した。

「でもお父さまは乗り気でいらっしゃるわ」

「あれはあの場でカイザーに調子を合わせただけだよ。お父さまが、前々からおまえをカイザーの花嫁にと望んでいたのは知っているだろう？」

少し間を置いて、リリアがこくりと頷く。

「リリア……カイザーのことが好きなんだね」

ルカは腕を組み、物わかりのいい兄らしく優しく問いかけた。

リリアは頬を染めて俯き、消え入りそうな声で「ええ」と答えた。

「心配することはない。俺はカイザーとは結婚しない」

「でもカイザーさまは……カイザーさまはお兄さまのことを……」

「あ、あんなのあいつの気まぐれだよ！　あいつは俺のことをからかって面白がってるだけなんだよ！」

　リリアが上目遣いでじっと見るので、ルカは必死で結婚の可能性を否定した。

「だいたいそんなの無理に決まってるだろ。あいつだって、今はあんなこと言ってるけどそのうち気が変わるさ」

「…………本当に？」

「ああ。だって、どう考えたってバーデンバッハの次期国王が男と結婚するわけにはいかないだろ」

　それでもリリアがまだ何か言いたげな目をしているので、ルカはリリアを安心させるように自分の胸をどんと叩いた。

「心配するな。俺もリリアがカイザーと結婚するのが一番いいと思ってる。俺がカイザーを説得するから……うわ⁉」

　いきなりリリアに両肩をがっちりと摑まれ、ルカはよろめいた。小柄なルカよりも更に頭半分ほど背の低いリリアだが、肩を摑む力は思いがけず強かった。

「……約束ですわよ？」

　リリアの青い瞳がきらりと輝く。いつもは大人しいリリアからは想像もできないような、有無《うむ》を言わせぬ口調だった。

「えっ、あ、うん」

リリアに気圧され、ルカはかくかくと頷いた。

リリアがはっとしたようにルカの肩から手を離し、少し恥ずかしそうに微笑む。

「ではお兄さま、おやすみなさいませ」

「ああ……おやすみ」

リリアが優雅に会釈《えしゃく》して、くるりと踵《きびす》を返す。

扉を閉め、ルカはふうっと息を吐いた。

（そうだ。俺が今やらなきゃならないことは、カイザーをリリアと結婚するよう説得することだ）

父はカイザーの言いなりだから当てにならない。カイザーを説得するしかないだろう。

ふいに、カイザーの青い瞳が脳裏《のうり》に甦る。

自分を熱っぽく見つめていたあの瞳が、リリアに向けられる――。

ちくりと胸を刺した痛みを、ルカは慌てて振り払った。

（これは、大切な妹を嫁にやることに感傷的になってるだけだ……！）

乱暴に服を脱ぎ捨てて、ルカは夜着に着替えた。ベッドに潜り込み、目を閉じる。

すっかり気疲れしてしまったルカは、うとうとと微睡《まどろ》みながら夢うつつの狭間《はざま》を彷徨った。

昼食会のざわめきが耳に甦り、しばし記憶を反芻《はんすう》する。

（今日のお屋敷、森の館に雰囲気が似てたな……）

森に囲まれた美しい屋敷は、ルカがカイザーと過ごしたアーデンの森の館を彷彿《ほうふつ》とさせた。

館での楽しい思い出に浸《ひた》ろうとするが、考えがまとまらない。

急に襲ってきた眠気に、ルカはとろとろと眠りに落ちていった。


（あれ……やっぱりアーデンの館だったんだ……）

……いつのまにかルカは、アーデンの館の中を一人で歩いていた。

『カイザー、どこにいるの？　出てきてよ！』

声変わりする前の、まだ幼い声で叫ぶ。五歳のルカは、半分べそをかいていた。カイザーを探して館の部屋を片っ端から開けていく。

『ここだよ、ルカ』

懐かしい声が耳に届く。カイザーも少年時代の声だった。

『どこ？』

きょろきょろするが、見つからない。カイザーがくすくす笑う。

『ルカの後ろだよ』

『え？』

振り向くと、カイザーが肘掛け椅子に座って微笑んでいた。ぱあっと顔を輝かせ、ルカはカイザーに駆け寄った。

『カイザー！　僕、裏庭で珍しい花を見つけたんだよ！　来て！』

カイザーの手を握って引っ張る。カイザーは笑って椅子から立ち上がった。

早く花を見せたくて駆け出そうとすると、ひょいと後ろから誰かに抱き上げられた。

『!?』

振り向くと、カイザーが……十歳の少年ではなく、二十二歳のカイザーが笑っている。

『ええっ？　なっ、なんで……っ』

『花はあとで見に行こう。それより……』

『ひゃあっ！』

ベッドに押し倒されて首筋にキスされ、ルカは驚いて叫んだ。同時に、自分もいつのまにか十七歳の姿になっていることに気づく。

『や……っ、あ、ああんっ』

裸の胸を触られて、ルカは甘い声で喘《あえ》いだ。大きな手でゆるゆるとまさぐられて、乳首が凝るのがわかる。

『ルカはここが気持ちいいんだな』

『んっ、うん、気持ちいい……』

うっとりと、カイザーの愛撫《あいぶ》に身を委ねる。ぷっちりと丸く粒を作った乳首を摘まれて、ルカはびくんと震えた。

『あ、そこ、もっと……！』

『もっとどうして欲しいんだい？』

『もっと弄って……！　ぎゅっとしてぇ……っ、ああっ』

カイザーの指で乳首を強く摘まれ、全身に快感が広がる。触らなくても、ペニスの先が濡れているのがわかった。

『あ、あんっ、おっぱいもっと触って……っ、舐めて……っ』

カイザーがくすりと笑い、疼く乳首に口づける。もっと刺激が欲しくて、ルカは胸を突き出すようにしてねだった。

カイザーが熱い舌で乳首を転がす。かりっと歯を立てられて、ルカは仰《の》け反《ぞ》った。

『あぁっ、で、出ちゃう……！　あんっ、あぁあーっ！』

――――びくっと体が大きく震え、ルカははっと目を覚ました。

カーテンを閉め忘れた窓から月明かりが差し込み、室内を煌々と照らしている。

（夢か……）

少し肌寒いくらいの夜だが、ルカの全身はしっとりと汗ばんでいた。

やけに鮮明な夢だった。夢の中で、ルカは起きているときには絶対に言わないようなセリフを口走っていた。思い出して赤面し、新たな汗がどっと噴き出す。

（うわあぁあ！　俺があんなこと言うなんてあり得ない！　カイザーが、変なこと言うから……っ！）

がばっと起き上がり……ルカは脚の間の違和感に気づいてぎょっとした。

股間《こかん》が温かく濡れている。

おねしょとは違うこの感触には、嫌と言うほど覚えがあった。

（う……やっちゃった……）

精通を迎えた十三歳のとき、ネヴィルが自分で処理する方法を淡々と教えてくれたのだが、なんとなくいけないことのような気がしてルカはあまり自慰をしない。

夢精《むせい》で何度か下着やシーツを汚してしまい、それを避けるために必要最小限の自己処理はしているが、カイザーにいやらしいことをされてしまったあの夜以来、ルカは頑なに自慰を避けている。

今自慰をしたら、確実にカイザーの手を思い出してしまうから……。

カイザーの手や唇の感触は体のあちこちに色濃く残っており、振り払っても振り払ってもルカの体を甘く淫《みだ》らに刺激し、ルカを苦しめている。何度もペニスに手を伸ばしそうになったが、そのたびに自分を戒《いまし》めてきた。

(夢精は不可抗力だから、仕方ないんだ……っ)

自分に言い聞かせながら、夜着の前をはだけてそろそろと濡れた下着を下ろす。

ルカが夢精したのは目覚める直前だったらしい。精液はまだ温かく、脱いだ下着を丸めてそっと拭《ぬぐ》うと、ペニスがぷるんと揺れて残滓を漏らした。

「あ……っ」

汚れた場所を拭《ふ》いていると、ふいに胸にぴりっとした痛みが走った。

夜着の合わせが肌に擦れて痛い。

絹の夜着は滑らかで、今まで擦れて痛くなるようなことは一度もなかった。怪訝《けげん》に思って夜着を大きくはだけて自分の胸を見下ろし……ルカはかあっと赤くなった。

二つの乳首がいつのまにか凝り、月明かりに照らされた白い胸板にはっきりと丸い粒の影を作っている。

それはひどく淫らな眺めだった。

少年らしい平らな胸に、淡いピンク色の肉粒がぷっつりと浮かんでいる。その様は妙に艶《なま》めかしくて、ルカは思わず目を逸らした。

ほんの数日前まで、ルカの乳首はこんなにいやらしくなかった。普段はその存在さえ忘れていたほどだ。

(どうしよう……カイザーのせいでこんな……っ)

迂闊《うかつ》に人前では晒せないようないやらしい胸になってしまった。おまけに乳首はじんじん疼き、掻《か》き毟りたいような痛痒さでルカを困らせる。

「ああ、もうっ！」

耐えきれずに、ルカは胸を掻き毟った。指先が乳首に当たり、弾力のある肉粒が生意気にルカの指先を押し返す。

その感触にいらついて、ルカは中指の腹で懲《こ》らしめるように両方の乳首をぎゅっと押した。

「あ……っ」

体の中心に、ずんと甘い官能が走った。

夢精したばかりのペニスが、ぷるんと頭をもたげる。

（だ、だめだ、こんなの……）

頭ではそう思っているのに、ルカの手は止まらなかった。指で押すだけでは刺激が足りなくて、親指と人差し指で乳首を摘み、引っ張る。

脚ががくがくして立っていられなくて、ルカはベッドに仰向けに倒れ込んだ。

「あ、あ……っ」

カイザーにされたように、ルカは胸全体を手のひらで撫で回した。手のひらで肉粒を胸にめり込ませるように強く押す。

「あっ、あんっ」

胸をまさぐりながら膝を立て、両脚をもじもじと擂《す》り合わせる。ペニスは乳首への愛撫に反応し、ぴょこんと勃ち上がってぷるぷると揺れた。

（あ……き、気持ちいい……っ）

ペニスには触れていないのに、乳首を擦るたびに先走りが漏れるのがわかる。

ルカは今まで自慰のときに乳首を弄ったことはない。いつも拙《つたな》い手つきでペニスを擦るだけだ。

（あ、い、いきそうっ）

夢中で乳首を摘み、こね回し、指先でぐいぐいと押す。

自慰でこんなに感じたのは初めてだった。

「あっ、あ、あんっ」

夜着の前をはだけてベッドに仰向けになり、両手で乳首を無茶苦茶に弄りながら無意識に腰を前後に揺らす。

王子にあるまじき淫らな格好で、ルカは甘い声で喘ぎながら自慰に耽った。

しかも弄っているのは乳首だけだ。自分がまだペニスを弄っていないことを忘れるくらい、ルカは乳首への刺激がもたらす快感に没頭した。

一際強く乳首を摘んだ瞬間、カイザーの声が耳に甦る。

『ルカはおっぱいが感じるんだな』

胸を突き出すようにして、ルカの背中がびくっと弓なりになる。

「あっ、あっ、あああーっ！」

両手で乳首を摘んだまま、ルカは射精した。

腹まで反り返ったペニスから、びゅ、びゅっと勢いよく精液が飛び出す。量は少なかっ

たが、熱い白濁はルカの腹や胸、乳首を摘んだ指先まで飛び散った。

「ん……っ」

ぐったりとベッドに背をつけて横たわり、ルカは射精の甘い余韻《よいん》を貪《むさぼ》った。

無意識に、乳首を宥《なだ》めるように中指の腹で撫でる。こりこりした肉粒がじんわりと柔らかく蕩《とろ》け始め、ぷにぷにした触り心地でルカの指先を楽しませる。

(あ……気持ちよかった……)

うっとりと気だるい快感に身を任せていたルカは、寝返りを打とうとしてふいに我に返った。

がばっと起き上がり、白濁で濡れたペニスを見下ろす。

(今、俺……おちんちん触らずにいっちゃった?)

今更ながら、自分が乳首への愛撫だけで射精してしまったことに思い当たる。

それどころか、カイザーのセリフを思い出して……。

(うわあああっ!)

真っ赤になって、ルカはベッドに突っ伏して枕に顔を埋めた。

夢精のほとぼりも冷めないうちに、乳首を弄って自慰をしてしまった。数日前までの自分だったらあり得ないような破廉恥《はれんち》な行為だ。

（カイザーのせいだ……！）

あの夜以来、体がおかしい。

カイザーのせいで、ルカの体はひどく淫らになってしまった。

（あいつが変なことばっかりするから……！）

リリアの恋を応援すると約束しながら、リリアの想い人の手を思い出して淫らな行為に耽ってしまった。恥ずかしさと罪悪感で、ルカは深い深い自己嫌悪に陥《おちい》った。

（もうあいつのことは考えない……！）

そう心に誓って、ルカは自分の淫らな体に罰を与えるようにぺちぺちと両頬を叩いた。

◇◇◇

「ルカさま、カイザーさまよりお手紙でございます」

ネヴィルが銀の盆を恭《うやうや》しく掲げる。

うんざりした顔をして、ルカは盆の上の封筒をちらりと見やった。

読まなくても内容はわかりきっている。愛している、早く会いたい、結婚したい。そればかりだ。

パーティーからそろそろ一ヶ月経つ。半月ほど前、カイザーがルメールを訪れることになっていたが、急な公務が入って反故《ほご》になってしまった。そのことを詫《わ》びる手紙に始まり、ここのところ数日置きに手紙が来ている。

「……あとで読むからそこに置いといて」

「バーデンバッハの使者のかたが広間でお待ちです。今すぐお返事を書かれたら、明日の朝にはカイザーさまに届きますよ」

「……そんな急用じゃないからいい」

「読みもしないで、なんですか」

咎めるような口調でネヴィルに言われて、ルカは唇を尖らせた。

ネヴィルが目の前に盆を突き出すので、渋々封筒を手に取る。バーデンバッハ王室の紋章の入った白い封筒に蠟《ろう》でカイザーの封印が押してあり、見慣れた署名が入っていた。

鳥の羽根を模した銀のペーパーナイフで封を切り、封筒と揃《そろ》いの紋章入りの便箋《びんせん》を広げる。

「…………」

数行読んで、ルカは軽い目眩《めまい》を覚えた。

(あいつ……俺が出した手紙読んでないのか!?)

ルカはきちんと返事を書いた。自分はカイザーとは結婚できない、リリアこそカイザーの花嫁にふさわしいと思う、一時の気の迷いを捨てて、ふさわしい相手と結婚してほしい、と。本当は「もう少し自分の立場を考えろ！」と書きたいところをぐっと堪えて、ルカなりに誠意を込めて書いたつもりだ。

「返事は必要ない」

便箋を畳んで封に入れ直し、きっぱり言った。

「……では、使者にその旨《むね》伝えて参ります」

ネヴィルもそれ以上は返事を強要しなかった。

ネヴィルが部屋から出て行くと、ルカは書き物机に歩み寄って引き出しを開けた。美しい銀細工《ぎんざいく》の箱を取り出して、机の上に置く。

銀の箱にはカイザーからの手紙がぎっしりと詰まっている。子供時代からのもので、古いものは何度も読み返してぼろぼろになっている。

ルカにとって、カイザーからの手紙は大事な大事な宝物だった……。

（……今は違うけど）

箱の蓋《ふた》を開け、ルカはカイザーから来た手紙をそっと一番上に載せた。

「ルカさま」

ネヴィルの声にぎくっとして、慌てて箱の蓋を閉める。振り返ると、ネヴィルがやや険《けわ》しい表情をして立っていた。

「どうかしたのか？」

「今、バーデンバッハの使者にお返事はないということを伝えてきたのですが……使者が気になることを言っておりましたので……」

「なに？」

「それが……カイザーさまが数日前から体調が思わしくなく、ご公務をすべて休まれているとか……」

「ええっ、カイザーが!?」

驚いて、ルカはネヴィルを見上げた。カイザーが体調を崩《くず》したと聞いて動揺する。

カイザーは頑健な体を持ち、ここ数年風邪の一つも引いたことがない。成人して以来多くの公務をこなしているが、一度も休んだことがないことで有名だ。

そのカイザーが公務をすべて休んでいると聞いて、ルカは顔を曇《くも》らせた。

「風邪かなにか？　それとも……もっと悪いの？」

「さほど深刻な状態ではないそうですが、まだ原因がわからないそうです」

「そんな……手紙にはそんなことちっとも書いてなかったのに」

「カイザーさまは周囲の者にも心配するなとおっしゃっているそうです。ことを大袈裟にしたくないようで、実はルカさまにも黙っているようにと言われたそうですが……」

「ふ、ふーん。あいつが体調崩すなんて、珍しいこともあるもんだな」

軽口で応じながら、ルカは無意識に拳をぎゅっと握り締めた。

（なんだよカイザーのやつ……一言知らせてくれればいいのに……）

知っていたら見舞いの手紙を書いたのにと後悔が押し寄せる。

「使者はもう帰ったのか？」

「はい」

使者に会って、カイザーの様子を聞けばよかった。ルカは眉を寄せて俯いた。

「今からお手紙を書かれますか？　使者を出しますよ」

「そうだな……。いや……俺はいい。リリアに、カイザーに見舞いの手紙を書くように言ってくれないか」

ネヴィルが軽く目を見開く。ネヴィルは相変わらずルカにカイザーとの結婚を勧め、ルカはそれを拒否してリリアを推《お》している。そのことでルカとネヴィルはたびたび言い争いになるのだが……。

「……わかりました」

何か言いたげな様子だったが、ネヴィルは軽く頭を下げて引き下がった。

窓の外を見るふりをして、ルカはくるりと背を向けた。今は誰にも顔を見られたくなかった。

(カイザー……)

公務を休んでいると聞いて、本当はいてもたってもいられない気持ちだった。

許されるなら、すぐにでもバーデンバッハに飛んでいってカイザーに会いたい。

(でもそれは俺の役目じゃない)

唇を噛み、ルカは自分に言い聞かせた。

◇◇◇

――それから三日後の早朝。

誰かが激しく寝室の扉を叩く音に、ルカははっと目を覚ました。

「ルカさま、ルカさま！」

まだ夜が明けたばかりだ。こんな時間にネヴィルが訪ねてくるということは、何か非常事態が発生したからに違いない。

ベッドから跳ね起きて、ルカは扉に駆け寄った。

ひどく胸騒ぎがする。真っ先にカイザーの病気のことが心をよぎる。

「どうした⁉」

鍵を外して扉を開けると、ネヴィルはまだ夜着の上にガウンを羽織った格好だった。

「先ほどバーデンバッハから使者が参りました。カイザーさまのことで、至急ルカさまにお目にかかりたいとのことです」

全部聞き終わらないうちに、ルカは裸足《はだし》で部屋を飛び出した。

ネヴィルがルカのガウンと室内履《ば》きを持って追いかける。

（カイザー……！）

最悪の事態を想像してしまい、慌てて打ち消す。

（あいつが死ぬわけない！）

薄暗い応接室に、バーデンバッハの使者が緊張した面持《おもも》ちで佇んでいた。ここのところ頻繁に来ているのですっかり顔馴染《なじ》みになった若い使者だ。ルカの姿を見るなり、さっと跪く。

「こんな時間に申し訳ありません」

「そんなことはいいから早く用件を！」

肩で息をしながら、ルカは使者を急《せ》かした。

「この件はどうかご内密にお願い申し上げます。実は、カイザーさまが一昨日《おととい》倒れられまして……」

ルカの顔から、さあっと血の気が引いた。

「……よ、容態は⁉」

使者に問う声が震える。

「今は床に伏せっておられます。医者にも原因がわからないそうで、ひどく衰弱《すいじゃく》されております」

貧血を起こしたときのように、くらっと目眩がする。

よろめいたルカを、ネヴィルが慌てて横から支えた。

「カイザーが……そんな……」

「カイザーさまからのご伝言でございます。今すぐルカさまにお会いしたいとのことです」

「ネヴィル、すぐに馬の用意を！」

震える脚を叱咤《しった》して、ルカは命じた。

――一刻も早くカイザーに会いたい。

他には何も考えられなかった。このときのルカは、リリアにも知らせたほうがいいのではないかといったことにはまったく考えが及ばなかった。

とにかくカイザーのことが心配で、会いたくてたまらなかった。

まだ薄暗い朝靄《あさもや》の中、ルカとネヴィル、バーデンバッハの使者の三人は、バーデンバッハの首都フォンブルクに向かって疾走《しっそう》した。

◇◇◇

ルカがバーデンバッハを訪れるのは一年ぶりだった。

フォンブルクの街に入ると馬車や人々が行き交い、賑やかな物売りの声が響き渡り、街全体が活気に満ちていることがわかる。一年前はこの辺りは街外れだったように記憶しているが、小綺麗な石畳が敷かれてすっかり様変わりしていた。

フォンブルクはユージニア大陸一の大きな街だ。商業が発達し、モニクでは見たこともないような珍しい品物も売られている。いつもはフォンブルクに来るたびに市場を見て歩くのが楽しみの一つなのだが、今はそれどころではなかった。

目立つ髪をフードで覆い、ルカは賑わう街には目もくれずにひたすらバーデンバッハ城を目指した。

フォンブルクの街を見下ろすようにそびえ立つバーデンバッハ城は、ルメール城の倍以上もある威風堂々《いふうどうどう》たる城だ。外壁にこの地方特産の黒みがかった石が使われており、バーデンバッハ王家の紋章のドラゴンと合わせて黒竜城と呼ばれている。

使者に導《みちび》かれてルカとネヴィルは黒竜城の門をくぐった。ずらりと並んだ衛兵が敬礼し、ルカたちを出迎える。

城に入ると、大理石の床の広いホールになっている。高らかに靴音を響かせ、ルカたちは奥の謁見《えっけん》の間に向かった。

鉄の扉の前に立つ二人の衛兵が、左右から恭しく扉を開ける。

ネヴィルをその場に残し、ルカは一人で謁見の間に足を踏み入れた。

玉座のバーデンバッハ王が、ルカの姿を見て顔を綻《ほころ》ばせる。やや頼りなげな風貌のルカの父とは違って、バーデンバッハ王は長身でがっちりした体格と立派な髭《ひげ》を持ち、いかにも大国の王らしい威厳《いげん》に満ちている。

「陛下、お久しぶりでございます」

玉座の前に歩み出て、ルカは跪いて深々と頭を下げた。

「ルカ殿、よく来て下さった。ずいぶん飛ばしてきたようだな。さぞお疲れであろう」

「いえ……」

それより早くカイザーに会いたい。いつもはバーデンバッハ王の前に出ると緊張してしまうのだが、それも忘れてしまうくらいルカは気もそぞろだった。

「我が息子のために、わざわざすまない。どうしてもルカ殿に会いたいと言って聞かないのだ」

そう言いながら、王は玉座から立ち上がった。

「さっそくだが、カイザーに会ってもらえるかね」

「はい」

王自ら案内する気らしい。ルカは戸惑いながら立ち上がり、王のあとに従った。謁見の間の外で控えていたネヴィルに、王が「君も一緒に来たまえ」と声をかける。

長い廊下を歩きながら、王がルカのほうを振り返った。

「カイザーの結婚の件だが」

「は、はいっ」

ぎくりとして、ルカは声が上擦《うわず》ってしまった。

「あいつは言い出したら聞かない性格でな。私も最初は反対したんだが、考えてみると、別に男でも支障はないということに気づいた」

内心「ええっ!?」と叫びながら、ルカはカイザーによく似た青い瞳を見上げた。王は至って真面目な表情だ。

「君のことは昔からよく知っているが、君のように素直で真面目な好青年はなかなかいない。妃《きさき》選びも結構大変でな。今どき世間知らずじゃ困るし、パーティーだの宝石だのにうつつを抜かすような浪費家も困るし、その点君なら国民からも愛される妃になれそうだしな。何よりカイザーが君を選んだのだから問題ないだろう。私はあいつのことは信頼している」

ざっくばらんな口調で、王が最後は自分に言い聞かせるように呟いた。

（いやあの、問題ありすぎるだろ……！）

色々突っ込みたいが、まさかバーデンバッハ王に突っ込むわけにもいかない。

「しかし、カイザーと君が結婚してくれたら安泰《あんたい》だと安心していた矢先に、こんなことになるとは……」

王がうっと呻《うめ》いて目頭を押さえる。

「陛下……！」

「ああ、すまない。健康だけが取《と》り柄《え》だと思っていたあいつが、まさかこんなことになるとは思わなくてな」

力なく言って、王は肩を落とした。

（そんなに悪いのか……）

暗澹《あんたん》たる気持ちで、ルカは足元を見つめた。

「俺……私にできることがあれば、何なりとお申しつけ下さい」

「ありがとう。君の顔を見たら、少しは元気になるんじゃないかと期待しているのだが」

黒竜城の内部は入り組んだ迷路のようになっている。何度か来たことのあるルカも、案内なしではすぐに迷子になってしまうほどだ。階段を上ったり下ったりしながら、ようやく奥まった場所にあるカイザーの寝室にたどり着く。

足音を察したのか、内側からカイザーの従者がそっと扉を開けた。

ネヴィルを控えの間に残し、ルカは王に続いて寝室へ足を踏み入れた。

「陛下、ルカさま、お待ちしておりました」

寝室は薬草の匂いに満ちていた。その独特の匂いが、ルカの不安を増長する。

「カイザー……っ！」

王の前だということも忘れ、ルカはベッドに駆け寄った。天蓋《てんがい》付きのベッドに縋《すが》りつくように跪く。

カイザーは目を閉じて静かに横たわっていた。

肌は青ざめ、頬がこけている。ほんの一ヶ月前、パーティーでルカにプロポーズしたときの生命力に満ちたカイザーとは別人のような姿だった。

ルカの声に気づいたのか、カイザーがゆっくりと瞼を開ける。

「ルカ……」

カイザーの声はひどく嗄《かす》れていて、いつものような深みも艶もなかった。その声を聞いて、思わずルカは瞳を潤ませた。

カイザーの手が、力なくルカに向かって伸ばされる。

ベッドの傍にぺたんとしゃがんで、ルカはカイザーの手を握った。カイザーの手は冷たくて、ルカは自身の体温で温めるように両手でしっかりカイザーの手を包み込んだ。

「……ルカ、会いたか……っ」

カイザーが声を振り絞るが、途中で咳き込み始める。

「大丈夫⁉　無理してしゃべらなくていいから！」

ごほごほと咳き込むカイザーに、ルカは我を忘れて覆い被さるように抱きついた。

「カイザーもルカ殿に会うことができて、もう思い残すこともあるまい」

バーデンバッハ王の言葉に、ルカは涙目で振り返った。

「いったいなんの病気なのですか？　医者はなんと言ってるんです？」

「それが……国中の医者に診《み》せたんだが、原因がわからんのだ。こうして日に日に衰弱す

るばかりで、医者たちは皆、匙《さじ》を投げてしまった」

「そんな……医者にも治せないのですか!?」

カイザーの病気を治す術《すべ》はないのだろうか。目の前が真っ暗になり、ルカはぽろりと涙を零した。

「カイザーさまのご病気を治す方法はあります。たった一つだけ」

そのとき、ルカの心を読んだかのように誰かがぼそっと呟いた。聞き慣れない声に、ルカはカイザーに縋りついたまま訝《いぶか》しげに振り返った。

部屋に入ってきたときには気づかなかったが、ベッドから少し離れた位置に、ひょろりと背の高い人物が立っている。

(誰だ? 医者……ではないよな?)

初めて見る顔だった。見たところ二十代半ばほどの、まだ若い男だ。

そばかすだらけの顔にまん丸い茶色の目と上を向いた鼻、爆発したような茶色いもじゃもじゃの髪。この場の神妙な空気にはあまりそぐわない、のほほんとした愛嬌《あいきょう》のある顔立ちをしている。

(どこの国の人だろう……)

男は見慣れない奇妙な服を着ていた。痩《や》せた体に白っぽいずるずるしたローブのようなものをまとっている。ローブというよりも、一枚の大きな布の真ん中に穴を開けて、そこから頭を出しているような感じだ。腰のところを紫色の紐《ひも》で括《くく》っているが、裾《すそ》は引きずるほど長い。こんな服装の人物を、ルカは初めて見た。

（なんか……絵本に出てくる魔法使いみたいだな）

ルカが目をぱちくりさせながら見上げていると、男が腰を折って深々とお辞儀をした。

「申し遅れました。私、黒い森に棲《す》む魔女の弟子です」

「へっ!?」

思わずルカは素っ頓狂な声を上げた。

『黒い森』というのは、ルメール王国とブランドル王国の最北端に跨るようにして広がる針葉樹の森のことだ。一年中雪の解けない極寒の地で、その更に北へ行くと、氷でできた大地に繋《つな》がっていると言われている。

ルメールとブランドルは『黒い森』に面しているので一部を領地としているが、雪深く人が住むことができないので事実上不可侵《ふかしん》地域になっている。それに、昔から『黒い森』に迷い込むと二度と出てこられなくなるという噂があり、人々に怖れられていた。

「黒い森に棲む魔女……」

子供の頃に聞いたことがある。なかなか寝ないルカを、乳母が「早く寝ないと黒い森の魔女が攫《さら》いに来ますよ」などと言って怖がらせたものだ。

「……冗談はやめて下さい」

少々むっとして、ルカは立ち上がって男を睨みつけた。子供じゃあるまいし、そんなお伽《とぎ》話のような話が信じられるわけがない。

「冗談ではありません。本当に、黒い森に棲む魔女の弟子なんです」

男が真面目な顔をして自分の胸に手を当てる。骨張った手には、大きな紫色の石のついた指輪が嵌められていた。

バーデンバッハ王が、こほんと咳払いをして言いにくそうに切り出す。

「あー……あまり公にはしたくないのだが、我がバーデンバッハ王室と黒い森の魔女は昔から縁がありましてな」

驚いて、ルカは王の顔を見つめた。ユージニア大陸に君臨するバーデンバッハ王の口から、魔女などという非現実的な言葉が飛び出すとは思わなかった。

「まあなんというか、王室お抱えの占い師というか祈禱師《きとうし》のようなものでな。何かを決めるときに相談したり、今回のように医者にも手に負えないような重病のときに力を借りたり……」

ふさふさした顎髭を弄りながら、王が呟く。

ルメール王室には占いや祈禱といった習慣はない。現実的な父はそういった類《たぐい》のものを毛嫌いしている。バーデンバッハ王にお抱えの魔女がいると知ったら、さぞかし驚くことだろう。

（でもまあ……国中の医者に見放されたとなったら、藁《わら》にも縋りたくなるよな……）

ルカはじっと観察するように男を見上げた。ルカと目が合うと、男は目尻を下げてにっこりと笑った。

「今回もカイザーさまのご病気の件でお手紙をいただいたのですが、あいにく魔女は高齢でかなり弱っておりましてね。そこで、弟子の私が代わりにやってきたというわけです」

「そうですか……」

『郷《ごう》に入っては郷に従え』という言葉を思い出し、ルカも納得したふりをした。

それに、カイザーが助かるのなら祈禱でも魔法でもなんでもいいから縋りたい気分だった。

「それで、カイザーの病気を治す方法はあるのですか？」

急《せ》き込んで尋ねると、男が大きく頷く。

「あります。たった一つだけ」

「あるんですか!?　じゃあ早くそれを！」

こうしてしゃべっている間にもカイザーはどんどん衰弱していくのだ。一刻の猶予《ゆうよ》も許されない。

男がちらりと王のほうを見やる。王が「うむ」と頷き、ルカに歩み寄って両手でしっかりと手を握り締めた。

「カイザーのためにできることはなんでもすると言ったな」

「は、はい……」

王の強い口調に気圧されて、ルカはかくかくと頷いた。

「では、よろしく頼む」

カイザーとよく似た青い瞳で王はルカをしっかり見据え……ルカが呆然としている間に、さっさと踵を返して部屋を出ていってしまった。

カイザーの従者も「失礼します」と言って退出する。部屋にはカイザーとルカ、そして魔女の弟子の三人だけが取り残された。

「あの……？」

わけがわからず魔女の弟子を見上げる。弟子は神妙な顔をして口を開いた。

「カイザーさまのご病気を治すにはルカさま、あなたの乳が必要なのです」

「…………は？」

聞き間違いかと思い、ルカは眉をしかめて男に問い返した。

「乳です」

「…………」

「カイザーさまは、血液中のある成分が極端に減ったせいで弱っておられるのです。多分血液を作っている器官がなんらかの障害を起こし、その成分を作り出すことができなくなったのでしょう」

一瞬からかわれたのかと思ったが、男は冗談を言っているわけではなさそうだ。

「そこで必要なのは、その失われた成分です。これが難しいところでして、単に人の血液を与えればいいというわけではありません。なぜなら血をそのまま飲んでも必要な成分はうまく行き渡らないからです。そこで有効なのが、乳です。人の乳にはその成分が多く含まれ、乳を飲むことによって効果的に摂取することができるのです」

ルカには、弟子の話はさっぱりわからなかった。ただただ呆気《あっけ》にとられて弟子の顔を見つめるしかない。

「ところが人間というのは不思議なものでして、誰の乳でもいいというわけではないのです。私の師匠である魔女が五十年ほど前にも同じ病気の人を治したことがあるのですが、とにかく誰でもいいからと連れてきた女の乳を患者に飲ませたところ、七転八倒して危うく命を落としかけたとか。慌てて祈禱すると、患者の最愛の人物の乳を飲ませるようにとのお告《つ》げがあったそうです。そこで患者の恋人を連れてきてその乳を飲ませると、あっという間に回復したのです」

話の流れについていけなくなり、ルカは混乱した。呆然と立ち尽くし、男の言葉を理解しようと必死で頭を回転させる。

「カイザーさまが助かる方法はただ一つ。ルカさまの乳を飲むことなのです」

「…………いやあの、俺、男だから」

数秒間黙り込んだあと、ルカはようやく男の言葉を理解して呟いた。

「ええ、わかっております。普通の医者ならここで諦《あきら》めるところです。が、私は黒い森に棲む魔女の一番弟子」

男が得意げに胸を反らし、ローブの袂《たもと》からひょいと一輪の花を取り出して掲げた。

初めて見る花だった。淡いピンク色の小さな花で、丸くふっくらと袋状になった花びらが可愛らしい。アーデンの館の庭に咲いていた金魚草に似ているが、それとも少し違う。

花は甘い香りを放ち、ルカはその香りに誘われるように花に見入った。

「これは『乙女《おとめ》の乳首』という花です。黒い森のとある場所にしか生えない、非常に珍しく貴重な花です」

花の名前に、嫌な予感がする。

「これを煎《せん》じて飲めば男だろうが老人だろうが誰でも乳が出るようになります。その昔、今のバーデンバッハ王のお祖父さまがお生まれになったとき、乳母たちの乳の出が悪くて困っていたときにもこの『乙女の乳首』が窮地《きゅうち》を救ったのです！」

魔女の弟子が唾を飛ばしながら力説する。

「あの、だったら別に俺じゃなくても」

「今回は単に乳が出ればいいというわけじゃないのです。重い病気を治すには『乙女の乳首』の力だけでは足りないのです。患者の最愛の人の乳でなくてはなりません！」

「そんな馬鹿な話……っ」

信じられるか、と言おうとすると、カイザーが盛大に咳き込み始めた。慌ててルカはカイザーの枕元にしゃがみ込んだ。

「大丈夫!?」

カイザーが弱々しく頷く。ルカはしっかりとカイザーの手を握り締めた。

魔女の弟子もルカの傍に跪き、口元に笑みを浮かべてルカの顔を覗き込む。

「いきなりこんなことを言われて、戸惑うお気持ちはよくわかります。しかし病気を治すには、医者の施《ほどこ》す治療や薬草だけでは効かないのです。現にバーデンバッハ中の医者が治療に当たりましたが、カイザーさまのご病状は悪くなる一方。ルメール王室のかたがたは占いや祈禱を迷信だと嫌っておられますが、人智の及ばない不思議な力もこの世には存在するのです」

男の茶色い瞳を見つめていると、次第に焦点がぼやけてきた。瞳の中心の部分が渦《うず》を巻いているように見えてくる。

（……なんか……目が回る……？）

くらくらと目眩がして、ルカは眉間《みけん》を押さえた。部屋に漂っていた薬草の香りと『乙女の乳首』の甘い香りが混ざり合い、得も言われぬ芳香となってルカにまとわりつく。

「カイザーさまの命を救えるのはあなただけ。さあ、この花を煎じて飲んで、乳をお出しなさい」

男の言葉が、ルカの心に染み込んでいく。

暗示にかかったように、ルカはこっくりと頷いた。

◇◇◇

「うええ……不味《まず》い」

それから三十分ほど後、ルカは魔女の弟子が黒竜城の台所の片隅で煮出した『乙女の乳首』の煎じ汁を飲まされて呻いた。

花は甘い香りがして美味しそうなのだが、銀の杯になみなみと注がれた煎じ汁は苦くて不味い。

「何度も飲んでいれば、そのうち慣れますよ」

「え、これ一回だけ飲めばいいんじゃないの？」

「残念ながら、一回では乳は出ません。若い女性なら一回飲めば溢れんばかりに乳が出るのですが、やはり男性が乳を出すとなると相当飲まなくてはならないでしょう」

「ええー……」

不満げな声を上げ、ルカはまだ杯に半分以上残っている煎じ汁を見つめた。

「カイザーさまのためです」

それを言われると、ルカもそれ以上は何も言えなくなってしまう。仕方なくちびちび飲みながら、ルカは魔女の弟子を見上げた。

「そういえばまだ名前を聞いていなかったな」

男が銅の鍋をかき混ぜながら、悪戯《いたずら》っぽく目をくりくりと動かした。

「ありません」

ふざけた答えに、ルカはむっとして唇を尖らせた。

「申し訳ありません。名前は申し上げられないのです。魔女や魔女の弟子は、名前を告げてはいけないことになっているのです」

「……ふーん。じゃあなんて呼べばいいの？」

「なんとでも。カイザーさまは私のことをピートと呼んでらっしゃいます」

「ピート！　昔森の館で飼ってた猫の名前だ」

正確には飼っていたわけではないが、アーデンの館にいたときに一匹の野良猫が庭に居着いていた。どうやら料理番がこっそり餌《えさ》をやっていたらしい。猫はルカとカイザーに懐《なつ》き、よく一緒に遊んだものだ。

「さよう。茶色くてもじゃもじゃしているところが似ているそうで」

そういえば猫にピートと名付けたのもカイザーだ。思い出して、ルカは懐かしさに目を細めた。

「じゃあ俺もピートって呼ぶことにする」

魔女の弟子は人懐こい雰囲気で、そういうところもピートに似ていた。

「失礼いたします。ルカさま、お部屋のご用意が整ったそうです」

台所にネヴィルが現れ、ルカとピートに一礼する。

カイザーの治療のため当面黒竜城に留《とど》まることになったルカは、カイザーの寝室の近くの客間を使わせてもらうことになった。ネヴィルもその隣の控えの間に滞在することになっている。

ルカがカイザーの寝室にいる間、ずっと控えの間にいたネヴィルは、魔女の弟子を名乗る男と対面してもさほど驚かなかった。「ああ、黒い森の……」と呟いていたところを見ると、前からその存在は知っていた様子である。

ルカの乳で病気を治すという荒唐無稽《こうとうむけい》な話にも、ネヴィルは「そうですか」と答えただけでルカのように戸惑ったり疑ったりということはなかった。

ネヴィルは頭もいいし博識だ。ルメール国内のみならず、ユージニアの他の国々のことも色々とよく知っている。そんなネヴィルがピートに「私も協力を惜《お》しみません」と申し出たので、ルカはピートの言葉を疑ってしまったことを反省した。自分が知らなかっただけで、黒い森に棲む魔女とその弟子は有名なのかもしれない。

「全部飲まれましたか？」

ピートに問われ、ルカは最後の一口を飲み干した。

「……飲んだ。けど、全然変わらないぞ？」

服の上から自分の胸を撫でてみるが、胸は相変わらず真っ平らで膨らんだ気配はない。

「いいのですよ。さ、参りましょうか」

「ではピート殿、ルカさまをよろしくお願いいたします。私はまだ用事が残っておりますので」

ネヴィルが立ち去り、ルカはピートとともに再びカイザーの寝室に向かった。

廊下を歩いていると、心なしか服に乳首が擦れて痛いような気がする。

(煎じ薬が効いてきたんだろうか……)

そっとシャツの上から押さえると、乳首が少し硬くなりかけていた。

(そういえば、乳が出たらどうやってカイザーに飲ませるんだろ)

やはり母親が赤ん坊に飲ませるように、直に吸わせるのだろうか。パーティーの夜のことを思い出し、ルカは頬を赤らめた。

(いやいや、変なこと思い出すな！　これは治療のためであって……！)

しかし意識すればするほど乳首が丸く粒を作り、服に擦れる。無意識に前屈《まえかが》みになり、胸を押さえながらぎこちない歩き方になってしまう。

そんなルカの様子をちらりと見て、ピートが唇の端にふっと笑みを浮かべた。

「薬が効いてきましたか？」

「え？　い、いやっ」

「乳が出る前は、胸が張って少し痛むかもしれません。乳首は特に敏感になりますので、治療の間は服に擦れないように乳当てをしたほうがいいかもしれませんね」

ピートの言葉に、ルカは顔から火が出そうになった。女性用の乳当てをしているところなどカイザーには絶対に見られたくない。

「だだ、大丈夫だから！　痛くないから！」

首をぶんぶんと横に振り、ルカはぎくしゃくとカイザーの寝室に向かった。

カイザーの寝室に入ると、天蓋付きのベッドにはカーテンが引かれていた。カイザーは眠っているのかもしれない。カイザーに付き添っていた従者が顔を上げ、ルカとピートと入れ替わりに部屋を出ていく。

「ルカさま、これに着替えて下さい」

ピートが真新しい夜着を持ってきてルカに差し出す。

（え、今ここで着替えるのか？）

今日会ったばかりの他人に肌を晒すのは抵抗がある。夜着を受け取り、ルカは困ったようにピートを見上げた。

「私はこれで失礼します……治療方法についてはカイザーさまに詳しくご説明申し上げましたので。その、私がいては色々と……気が散ってはいけませんからね。お二人でごゆっくりどうぞ」

ピートがごにょごにょと呟き、微妙な笑顔を浮かべる。

お二人でごゆっくりと言われて思わず赤くなってしまったが、乳を出すところを他人に見られなくて済むのはルカとしてもありがたかった。

「それではカイザーさま、私はこれで失礼いたします。何かありましたらお呼び下さい」

「ご苦労」

ベッドのカーテンの向こうから、カイザーの声が聞こえた。

ピートが部屋を出ていき、ルカはカイザーと二人きりになった。

「あの……」

「着替えてここに来てくれるか」

「う、うん……」

カーテン越しに言われて、ルカはベッドに背を向けておずおずと服を脱ぎ始めた。

「……っ」

シャツを脱ごうと手を掛けると、乳首が絹の滑らかな布地を持ち上げるようにして尖っていた。

（あ……すごいじんじんする……っ）

ただ服を脱ぐだけでこんなになってしまうなんて、煎じ薬の効果に違いない。

シャツを脱いで上半身裸になると、乳頭がつんと上を向いてふるふると震えた。

（ここからおっぱいが……）

今まで乳頭などしげしげ見たことがなかったが、ピンク色の肉粒の真ん中に針の穴ほどの小さな穴がある。ここから乳が出てくるのだろう。

「ん……っ」

試しに自分の指で摘んでみるが、乳は出なかった。

「ルカ？」

思わず漏らした吐息をカイザーに聞かれてしまったらしい。ルカは慌ててズボンを脱ぎ捨て、ピートに渡された夜着を羽織った。

（え、何これ……！）

夜着は花嫁衣裳のベールに使われる白いシフォンでできていた。軽くてごく薄い生地で、肌が透けて見えてしまう。

当然つんと尖った乳首も丸見えだ。シフォンに透けた乳首は裸のときよりも淫靡《いんび》な佇まいで、ルカは自分の胸を見下ろしてかあっと赤くなった。

（なんだ？　こんな透け透けの夜着見たことないぞ……）

ひょっとして裏地を付けるのを忘れたのだろうか。肌を隠してくれない夜着なんて、着ていても何の意味もない。

「着替えたか？」

「え？　あ、うん……」

戸惑いながら生返事をする。普段は夜着に着替えるときは下着も脱ぐのだが、こんな夜着では性器が丸見えになってしまう。

「おいで」

自分の両肩を抱くようにして透けた胸を隠し、ルカはおずおずとベッドに近づいた。ベッドの傍でもじもじと立ち竦んでいると、カーテンの隙間からカイザーの手が伸ばされる。

「うわ、ちょ、ちょっとっ」

カイザーに手首を握られて、ルカはベッドへ引き込まれた。自分がどういう体勢なのかわからないうちに、カイザーに上からのしかかられる。

衰弱していたように見えたが、カイザーの腕は力強かった。

（カイザー……）

カイザーの生命の灯《ともしび》が見た目ほど弱っていないことに安堵《あんど》し、ルカの心がじんわりと熱くなる。

同時にその力強さにパーティーの夜のことが甦り、体も火照《ほて》って熱くなった。

カイザーに上からじっと見下ろされ、ルカは慌てて両腕を胸の前で交差させて透けた乳首を隠した。

「おい、この夜着変だぞ？　これじゃあ透け透けでおかしいだろ」

「ああ、花嫁衣裳だ」

「……………ええっ!?」

「知らなかったのか。王族や貴族の娘の嫁入り道具の一つだ」

初耳だった。王族や貴族の娘がこんな破廉恥なものを着るなんて信じられない。幼い頃から何度も結婚式には出席してきたが、こんなものを着ている花嫁など見たことがなかった。

ルカの怪訝そうな顔にカイザーがくすりと笑い、耳元に唇を寄せた。

「初夜のための衣裳だ」

ルカの耳が、みるみる赤くなる。

つまりこれは、エロティックな目的のために作られた衣裳で……。

「な、なんで俺がっ」

「本当はもっとレースやビーズやらで飾り立てるものらしいが、おまえのために極力飾りのないものを作らせた」

「いやだから、なんで俺が……っ」

病気の治療のためにこんなものを着せられるのか、と続けようとしたが、ルカの質問を封じるようにカイザーの人差し指がそっとルカの唇に当てられる。

「これは儀式なんだ、ルカ」

カイザーの言葉に、ルカはごくりと唾を飲み込んだ。

「私の病気を治すためには、最愛の花嫁の乳が必要なのだ」

「……それは……わかってるけど……」

「おまえに愛を無理強いすることはできない。しかし治療の間だけ……せめて形だけでも、私の花嫁になってくれないか」

カイザーに懇願され、ルカの瞳が揺れる。

病に伏せっている大切な幼なじみの願いだ。突っぱねることなどできそうにない。

（う……まあ……仕方ないか……）

病気を治すためにはどんなことでもしようと決心したのだし、形だけなら花嫁になっても差し支えないだろう。

カイザーの青い瞳を見上げ、ルカは小さく頷いた。

「では誓いのキスを」

カイザーが微笑み、唇を近づける。

反射的に目を閉じると、熱い唇に唇を覆われた。

「……んっ」

やや性急に、口の中に舌が割り込んでくる。カイザーの舌はルカの敏感な口腔内《こうこう》を確かめるように丁寧にまさぐり、やがて逃げ惑《まど》うルカの舌に絡みついてきた。

「ん……んんっ！」

しつこいキスに、すぐに息が上がってしまう。

キスをしながら、カイザーはさりげなくルカの両手首を握ってシーツに押さえつける。のしかかるカイザーの胸で夜着の胸を擦られて……ルカはなんとか密着から逃れようともがいた。

カイザーの胸を押しやると、カイザーが名残惜しげに唇を離す。

互いの唾液が絡み合ってねっとりと糸を引き、ルカは慌てて手の甲で唇を拭った。

カイザーの手が素早く夜着の前を広げ、乳を求めて飢えた仔犬のようにルカの乳首にむしゃぶりつく。

「あ……っ！」

いきなり乳首を強く吸われ、ルカは思わず声を上げた。慌てて両手で口を塞ぐ。

(俺ってば、こんなときにやらしい声出すなんて……っ)

病気治療のためなのに、感じてしまったような声を出したことが恥ずかしい。

しかし先ほどからずっと疼いていた乳首をきつく吸われ、体の中心に官能の火がついてしまう。

カイザーは乳首を口に含み、舌で乳首の周りを輪を描くように舐めた。熱い舌の感触に、腰にじわっと快感の波が押し寄せる。

体の変化を気取られないよう、ルカはもじもじと両脚を擦り合わせて身を捩った。

「カイザー、あの、今日はまだ出ないかも……っ」

「ああ、わかってる」

そう言いながらも、カイザーは乳首を丹念《たんねん》に吸い続けた。

「……ああっ！」

舌先で乳頭の先端をつつかれて、ルカはたまらず嬌声《きょうせい》を上げた。

乳の出を促すようにちろちろと舐められて、先ほどから兆していたペニスが完全に勃起してしまう。

（や、やばい……っ）

真面目に治療に専念したいのに、カイザーに乳首を吸われて悦んでしまう体が恥ずかしい。

膝を擦り合わせるだけでは隠しきれなくなり、ルカは両手でぎゅっと股間を覆った。

（あ……！）

夜着の薄い布が、温かく濡れていた。

ルカのはしたないペニスが先端から先走りを溢れさせ、濡らしているのだ。

（嫌だ……！）

なんとか止めようと股間を痛いほど押さえつけるが、勃ち上がったペニスはますますぬるついてルカを困らせる。

花嫁衣裳をいやらしく濡らしているなんて、カイザーには知られたくない。

ルカの瞳に、じわっと涙が浮かぶ。

（俺の体、おかしい……！）

この間も、カイザーとの行為を思い出しながら自慰に耽ってしまった。性に目覚めたルカの体は、ルカ自身も驚くほど淫らに変わってしまった。

「う……っ」

ルカの喘ぎ声に、嗚咽が混じる。

カイザーが顔を上げ、ルカの顔を覗き込んだ。

「痛かったか？」

優しく前髪をかき上げられ、ルカは小さく首を横に振った。

乳が出るなら、少しくらい痛くても構わない。むしろ、乳を出すためにきりきりと絞《しぼ》って欲しいくらいだ。そうすれば痛さに気を取られて感じなくて済むから……。

ルカの両手の位置に目をやり、カイザーがくすりと笑った。

「おっぱい吸われたら感じたか？」

「……っ」

真っ赤になって、ルカはぎゅっと目を閉じた。

涙で濡れた睫《まつげ》毛にカイザーがそっと唇を押し当てる。

「感じてくれて嬉しいよ。乳を出すために必要なことだ」

「……ほんとに？」

「ああ、ピートがそう言っていた。通常であれば乳を出すのに官能の高ぶりは必要ないが、官能が高ぶったときに体内で生成される……なんと言ったかな……その何かが『乙女の乳首』の成分と結びついて乳が出やすくなるそうだ」

よくわからなかったが、体が高ぶるのは乳を出すためには効果的らしい。

涙目でカイザーを見上げると、カイザーがルカの手の上に大きな手を重ねた。

「ん……っ」

「見せてごらん」

カイザーがルカの手を握り、濡れた場所を露わにする。

夜着の中で、小ぶりなペニスがぴょこんと反り返る。

初々しいピンク色の亀頭がしとどに濡れ、白いシフォンの布地がべったりと貼りついていた。

カイザーには、もうとっくに勃起しているところも射精するところも見られているのだが……夜着を濡らしているところを見られるのはひどく気恥ずかしかった。

カイザーが、布の上から透けた亀頭を指の腹でそっとなぞる。

「あんっ」

腰がびくっと揺れて、亀頭の割れ目から新たな露《つゆ》が零れた。

カイザーが布から染み出した露を指に掬ってぺろりと舐める。

「今日はこちらのミルクを飲ませてもらおう」

「……ええ!?」

「乳はまだすぐには出ないだろうからな。乳ほどではないが精液にも病に効く成分が含まれているそうだ」

「そ、そうなの!?」

「ああ。ピートに聞かなかったか？　『乙女の乳首』を飲んでもすぐには乳は出ない。乳が出るようになるまでは、代わりに精液を飲むよう言われた」

「そんなの聞いてな……ああっ」

夜着をめくり、カイザーがピンク色のペニスをぱっくりと咥《くわ》える。

ルカの小ぶりなそれはカイザーの大きな口にすっぽりと収まり、熱い粘膜《ねんまく》に包まれてびくびくと震えた。

「あ、あっ、あっ」

裏筋をねっとりと舐め上げられ、亀頭に吸いつかれる。

先ほど乳首を吸われたときのように先端の割れ目を舌でつつかれ、ルカは仰け反って身悶えた。

「ひゃ、あ、も、もう……ああんっ！」

初めての口での愛撫に、ルカはあっという間に追い上げられてしまった。

堪えきれずにカイザーの口の中で射精してしまう。

ぴゅっと飛び出したルカの精液を、カイザーが余さず飲み干す。

「あ、いや、吸わないで……っ」

いったばかりの敏感な亀頭をきつく吸われ、ルカの細い腰がびくんと跳ねる。

一滴残らず吸い取ろうとするように、カイザーは長い間ルカのペニスをしゃぶり続けた。

「あ……、あ……っ」

射精の余韻がじんわりと押し寄せて、ルカは快感の波に揺られて喘いだ。

(すごい気持ちいい……)

いつまでもしゃぶっていて欲しいような、もっと強い刺激が欲しいような、不思議な感覚だった。

「美味《おい》しかったよ、ルカ」

ちゅぷっと音を立てて亀頭から唇を離し、カイザーが満足げに囁く。

病気の治療のためとはいえ、カイザーに精液を味わわれてしまったことに恥ずかしさがこみ上げる。

「ああ……さっそく効いてきたよ」

カイザーがベッドの上に起き上がり、胡座《あぐら》をかいてルカを抱き上げる。

「ほんとに……?」

ぐったりしてカイザーに抱き締められるままになり、ルカは怪訝そうな声を出した。

「ああ。さっきまで起き上がる気力もなかったんだ」

そういえば、声にも張りが戻ってきたような気がする。

青ざめていた顔にも生気が戻り、薬草の匂いしかしなかった体から男っぽい体臭がふわりと香ってくる。

（よかった……）

ルカもカイザーの首に手を回して、ぎゅっとしがみついた。

治療は恥ずかしいけれど、カイザーが元気になってくれるならそれでいい。

ここに着いたときにはどうなることかと思ったが、カイザーに回復の兆しが見えてルカはほっとした。安心した途端に眠気が襲ってくる。

「ルメールから馬を飛ばしてきて疲れただろう……ゆっくりおやすみ」

カイザーが耳元で囁く。緊張の糸が切れたルカは、カイザーの腕の中でことりと眠りに落ちていった。

前代未聞のミルク治療!?

――ルカが黒竜城を訪れて五日。

カイザーの病気の〝治療〟は、着々と進められていた。

治療はピートの指示で、一日一回、毎晩就寝前に行われることになった。治療で精気を抜かれてそのまま眠ってしまうので、せっかく用意してもらった客間のベッドは一度も使っていない。

(いつになったらおっぱい出るのかなあ……)

大理石の大きな湯船に浸《つ》かりながら、ルカはふうっと大きく息を吐いた。

毎日朝昼晩と不味い煎じ汁を飲んでいるのだが、乳は一向に出る気配がない。

代わりに毎晩空っぽになるまで精液を啜《すす》り取られている。

夕べはカイザーに乳首を吸われた途端に失禁したように射精してしまい、貴重な精液をほとんどシーツに染み込ませてしまった。しかもそのあとは、勃起はするのだが精液はほとんど残っておらず、薄い残滓がちょろちょろと漏れただけだった。

カイザーは気にするなと言ってくれたが、自分の粗相にルカはどんよりと落ち込んでしまった。

僅《わず》かながら、カイザーの病気は快方に向かっている。治療を始めるまでは寝たきりだったが、ベッドから出て自室で本を読んだり、湯浴《ゆあ》みしたりできるようになってきた。

これにはバーデンバッハ王がたいそう驚き、何度も「ルカ王子殿のおかげだ」と言って喜んだ。

しかしまだ足元がふらつくこともあり、公務は再開していない。

とりあえず命の危機は脱したが、まだ油断はできない状態だとピートも言っていた。乳が出るようになれば、カイザーの病気ももっとよくなるだろう。

（カイザーのために、頑張らなきゃ……）

煎じ汁の量をもっと増やしたほうがいいかもしれない。湯船の中で、ルカはそっと目を閉じた。

湯の波打つ音が途絶え、客人用の広々した浴場がしんと静まり返る。扉の外にはネヴィルが控えているが、浴場にはルカ一人きりだ。

成人するまではいつもネヴィルに髪と体を洗ってもらっていたのだが、パーティーの夜にカイザーに触れられて以来、ルカは自分で洗うようになった。

子供のときから世話になっているので、ネヴィルには裸を見られても恥ずかしくもなんともなかったのだが……あの夜を境《さかい》に、ルカは裸を晒すことを躊躇《ちゅうちょ》するようになってしまった。

あの夜、ルカは性に目覚めた。

自分の体が淫らに反応することを知ってしまった。

気心の知れているネヴィルにすら、自分の体の変化は知られたくなかった。

ネヴィルは少し寂しそうに「そうですね、ルカさまも大人の仲間入りをされたのですしね」と言って、それ以上は理由を尋ねたりはしなかった……。

うとうとしかけたルカは目を開け、何気なく自分の胸を見下ろした。

透明な湯の中で、薄桃色の乳首はぽわんと花びらのように揺れている。

ルカの乳首は毎晩カイザーに吸われたり摘まれたりして、ほとんど勃ちっぱなしだ。湯の中で柔らかくほぐれた乳首は、束の間の休息を楽しんでいるように見えた。

そっと触れると、ぷにょっと柔らかい弾力が指の腹をくすぐる。

「あ……っ」

ほんの少し触れただけなのに、湯の中で柔らかな花びらが芯《しん》を持ち始める。

慌ててルカは、ざばっと音を立てて湯船から立ち上がった。

今夜もこれからカイザーの寝室を訪れることになっている。乳を出すには感じることも必要だとは言われたが、触れられる前から乳首やペニスを勃起させていてはやはり恥ずかしい。

しかも今夜は治療の経過を診るために、ピートが立ち会うことになっている。

風呂から上がって体を拭き、ルカは上気した肌に花嫁の夜着をまとった。その上からきっちりとガウンを着込む。

ネヴィルにも、シフォンの透けた夜着は見られたくない。

カイザー以外にこの恥ずかしい姿を見せるつもりはなかった。


「こんばんは、ルカさま」

カイザーの寝室を訪れると、ピートが扉を開けてくれた。

ネヴィルを控えの間に残し、ルカはガウンの襟元を握り締めながらおずおずと部屋に足を踏み入れる。

「今、カイザーさまの診察が終わったところです」

ピートに促されて、ルカはベッドの傍の肘掛け椅子にちょこんと腰掛けた。

カイザーは天蓋付きのベッドのカーテンの向こうで横たわっているらしい。

「いやはや、一時の重篤《じゅうとく》状態を思えば奇跡的な回復です。たった五日でここまでよくなるとは思いませんでした。これもすべてルカさまの献身の賜《たまもの》です」

ピートが愛嬌のある顔ににこにこと笑顔を浮かべ、ルカも自然と口元を緩めた。

「ですが、乳の代替である精液の効力には限界があります。精液によって命の危機は免《まぬが》れましたが、元の健康な体を取り戻すにはやはり乳が必要不可欠」

ルカの顔が、どんよりと曇る。今朝もピートに「乳は出るようになりましたか」と尋ねられ、力なく首を横に振ったばかりだ。

「前にも申し上げたとおり、男性の場合は『乙女の乳首』を飲んでもなかなか乳が出ないものです。しかし、より乳を出やすくするための方法がないわけでもありません」

「本当に？　どんな方法？」

ルカは思わず身を乗り出した。何か方法があるなら試してみたい。

「乳腺《にゅうせん》マッサージです」

「乳腺……？」

聞き慣れない言葉に、ルカは首を傾げた。

「要するにおっぱいの出る器官のことです。そこをマッサージすることによって、乳の出を促すことができます」

「……わかった。やってみる」

神妙な顔で頷くと、ピートがにっこりと微笑んだ。

「ではさっそく始めましょう。ええと、私がルカさまにマッサージの実演指導をしてもいいのですが……」

もじゃもじゃ頭をかき回しながら、ピートがベッドにいるカイザーのほうを窺う。

「いや、先ほど私が講習を受けたから大丈夫だ。ルカ、入っておいで」

カイザーがベッドの中で起き上がる気配がし、ルカは立ち上がってそっとカーテンをめくった。

マッサージということは、裸の胸を晒すことになるのだろう。ピートには見られたくなかったので、ルカはほっとしつつベッドに入り込んだ。

カイザーは夜着を羽織ってベッドの上に胡座をかいていた。

その向かいに正座して、ルカは目線を彷徨わせつつガウンのベルトを外した。

「今日は全部脱いでくれ」

カイザーに言われて、ルカはぱあっと頬を赤らめた。

カイザーには裸の体を散々見られているのだが……脱がされるのではなく、自分で脱ぐのは勇気がいる。

努《つと》めてカイザーの視線を意識しないようにしながら、ルカは素早く透けた夜着を脱ぎ捨てた。

乳首は既《すで》に勃っていた。丸い肉粒がつんと上向きになっている。

さりげなく前を隠すように股間に手やると、そこも少し勃ち上がりかけていた。

(い、意識するな！　乳を出すためにはこうなってたほうがいいんだから……っ)

自分に言い聞かせ、ルカは必死で平静を保とうと努力した。

「仰向けに寝て」

「……ん」

ルカの意思とは裏腹に、頬はますます熱くなる。

両手で股間を覆い、ルカは目を閉じて歯を食いしばった。

「ご準備はよろしいですか？　では乳房のマッサージから始めましょう」

カーテンの向こうでピートの声がする。

「……っ！」

カイザーの大きな手が、腹から胸へとゆっくり撫で上げる。

平らな胸には乳房などないが、カイザーはまるで下から持ち上げるように鷲掴《わしづか》みにして揉みしだいた。

「うわ、ちょ、ちょっと待って！　ああっ！」

「痛かったか？」

ルカの胸を揉む手を止めて、カイザーが尋ねる。

「いやあの、痛くはないけど……あっ」

再び両手で胸を下から持ち上げるようにまさぐられ、ルカは身悶えた。

カイザーの親指の腹が、乳首の下の辺りを指圧するように往復する。まるで乳首から乳を押し出そうとするような動きだ。

「少し我慢してくれ」

「あ、や……っ」

ぎゅっと目を閉じて、ルカはカイザーのマッサージに耐えた。

いつも胸は触られているのだが、今日の触り方はいつも以上に執拗だった。

なのに、乳首には一切触れてくれない。乳首の近くまで親指がせり上がってくるのだが、あと少しというところで下がっていく。

(あ……なんかじんじんする……っ)

触られてもいない乳首が、痛いほどに疼いている。薄い皮膚の下で乳が溜まり、マッサージによって乳頭に集まってきているような感じがする。

いつものように乳首をきつく吸ってくれたら、乳が出るかもしれない。

「……カイザー、もう出そう……っ」

「おっぱい出そうか?」

小声でカイザーに囁かれ、ルカはふるふると首を横に振った。

乳よりも、股間を覆った手の中でペニスが爆発寸前まで膨らんでいる。乳も出そうな感じなのだが、それより先に射精してしまいそうだった。

「そうじゃなくて……お、おちんちん……」

ピートには聞こえないように、消え入りそうな声でカイザーに告げる。

カイザーがそっとルカの両手を外して、そこの状態を確認する。

ピンク色の亀頭はもうびしょびしょだった。

「あ……っ」

カイザーの視線を意識しながら、更にとろとろと先走りを溢れさせる。

治療として精液を提供するようになってから、ルカの中で何かが変わった。

相変わらず恥ずかしいのだが、治療という立派な名目のおかげでいやらしい自分の体に自己嫌悪を抱かなくて済む。

感じるままに素直に官能の高ぶりをカイザーに見せ、カイザーの手や唇での愛撫を悦んで受け入れるようになった。

もじもじと膝を擂り合わせつつ、ルカはカイザーの口淫をねだるように腰を浮かせた。

早くいつものように口で吸って欲しい。

しかしカイザーが取ったのは意外な行動だった。

「ルカ、少しの間、我慢してくれ」

「……え？」

薄目を開けると、カイザーが白い絹のリボンを手に持っている。何をするのだろうとぼんやり見上げていると、カイザーはぴんと屹立したルカのペニスにくるりとリボンを巻きつけた。

「え？　な、何!?」

「おちんちんのミルクはお預けだ」

「あ、ひゃんっ！」

根元できゅっとリボンを結ばれ、ルカはびくっと震えて内股を閉じた。

射精を堰《せ》き止められて、行き場をなくした精液が体の中で暴れる。

「嫌だ、なんで……っ」

「マッサージに集中するためです」

まるで見ていたかのように、ピートが口を挟む。

ベッドのカーテンは厚くて透けていないが、魔女の弟子だというピートには、中で何が起こっているのかお見通しなのかもしれない。

ルカの頬が、かあっと熱くなる。

「カイザー……！」

抗議するように叫んで起き上がろうとするが、カイザーに素早く両手首をシーツに押さえつけられてしまう。

「ルカ、乳腺マッサージのためなのだ。辛抱《しんぼう》してくれ」

「え？　ええっ!?」

カイザーがペニスに巻いたのと同じリボンを夜着のポケットから出して、今度はルカの両手首にくるくると巻きつけた。

おまけに長いリボンの端を透かし模様になっているベッドのヘッドボードに括りつけ、ルカが逃げられないように固定する。

カーテンの向こうで、ピートがこほんと咳払いをした。

「ええと……ルカさま、乳を出すための乳腺というのは、女性の場合は乳房の中にあるのですが、男性は女性とは体のつくりが違いますので少々事情が違います。先ほどカイザーさまがマッサージされた乳首の下の部分も効果的ではあるのですが、男性の場合、もっと高い効果の得られる場所があります」

「どこ？　ていうか、別に縛りつけなくたって今更逃げないよ！」

手首のリボンを外そうともがきながら、ルカは怒った口調で尋ねる。

「いえその、これからマッサージする場所は大変デリケートな場所でして……」

ピートがごにょごにょと口ごもる。

（デリケートな場所？　いったい……）

ルカの胸に不安が押し寄せる。

「ルカ、乳腺のある場所はひどく感じやすい場所なんだ。多分私が触ったらすぐに射精してしまうと思う。高ぶった状態を維持しながらマッサージしないと効果がないので、悪いがしばらく射精はお預けだ」

「え？　え？」

カイザーの言葉に、ルカは目を白黒させた。

触ったらすぐに射精してしまう……ということは、やはり乳首だろうか。今までも散々乳首を触られたり吸われたりしただけで射精している。

しかし、カイザーが触れたのは乳首ではなかった。

大きく脚を割り広げられ、太腿《ふともも》の裏を天井に向けて押さえつけられる。

「ええっ!?　ちょ、ちょっと！」

絹のリボンで縛られたペニスはもちろんのこと、その下にある可愛らしい二つのピンク色の玉と、更にその奥にある小さな窄《すぼ》まりが露わになる。

ルカの両脚を片手で易々《やすやす》と押さえつけ、カイザーの指先はきゅっとつぼんだ尻の穴をそろりと撫でた。

「ひゃあんっ」

肛門の周りの細かい皺《しわ》をなぞられ、ルカは股をぎゅっと閉じて悲鳴を上げた。

しかし脚を閉じてもカイザーに押さえつけられているので尻の穴は隠せない。

肛門は、ルカがたらたらと零した先走りでいつのまにかぬるりと濡れていた。

「この中に、乳腺を刺激する器官がある」

カイザーが、中指の腹で穴の表面を優しく擦りながら囁く。

ルカは耳まで赤くなって涙目でカイザーを見上げた。

(そんな……そんなところにカイザーが指を……)

排泄《はいせつ》のための穴など、自分でもじっくりとは見たことのないような場所だ。乳首やペニスも見られるのは恥ずかしいが、性器ではない場所を見られるのはもっと恥ずかしい気がする。

恥ずかしさと緊張感で、射精を堰き止められているペニスもきゅんと縮《ちぢ》こまる。

「大丈夫です、ルカさま。お尻の穴には大事な器官が色々集まっているので、古今東西治療や診察の際にはよく見られる場所なのです。恥ずかしがらずに、カイザーさまのマッサージに身を委ねて下さい」

ピートが淡々と告げる。

ルカの緊張をほぐすように、カイザーは根気よく肛門の周囲をマッサージし続けた。

「あ……っ」

カイザーに穴をくすぐるように撫でられているうちに、ルカは頭がぼうっとしてきた。

乳首への愛撫も気持ちいいが、尻の穴への愛撫はまた違った快感がある。ルカの素直な体は、まだ核心には至っていないこの快感を求めて疼いた。

カイザーがベッドサイドの引き出しから小さな壜《びん》を取り出す。

ラベンダーのような香りがふわっと広がり、ルカの窄まりに冷たい何かがとろりと零される。

「ひゃっ！　な、何!?」

「マッサージ用の香油だ」

カイザーが指で穴にオイルを塗り込める。オイルはルカの体温ですぐに温かくなった。

いい香りのするオイルでマッサージされて、ルカは恥ずかしい場所だということも忘れてうっとりと身を委ねた。

温もったオイルのぬめりを借りて、指がつぷっと穴の中に浅く入ってくる。

「あ……！　あっ、あっ！」

穴の入り口を小刻みに揺するように撫でられ、ルカは声を上げた。

尻の穴がとろけそうな快感に襲われる。

いやらしい声を抑えられそうになくて、ルカは唇を強く噛んだ。

「……ピート、もう下がっていいぞ」

カイザーが少し掠れた声で言った。

「はい。では失礼いたします」

ピートが短く答え、衣擦《きぬず》れの音が遠ざかってゆく。やがて扉の閉まる音がして、ルカは詰めていた息を大きく吐いた。

「もう二人きりだ。遠慮せずに声を上げていいぞ」

言いながら、カイザーが指をゆるゆると潜らせてくる。

「……っ、あっ！」

指は第一関節の辺りまで入り、内部の粘膜にオイルを塗り込めるように優しく動いた。

その緩慢《かんまん》な動きがもどかしい。無意識のうちに、ルカはカイザーの指のリズムに合わせて腰を揺らしていた。

「痛くないか?」

カイザーの問いかけに、ルカは焦点の合わない目で小さく頷いた。

痛くない。それどころか、なにか未知の官能が潜んでいる気配がする。

「……ん……っ」

オイルのぬめりで、穴に出し入れする指がちゅぷちゅぷと音を立てる。

まるで自分の尻の穴がカイザーの指をしゃぶっているようで……ひどく恥ずかしいのに興奮する。

「あ……ん……っ」

「感じるか?」

「うん……なんか気持ちいい……」

この気持ちよさは、射精したい気持ちよさとは違う気がする。官能的な快感には違いないのだが、リボンで縛られたペニスはふるふると揺れながらゆったりと官能の海を漂っている。

射精を伴わない快楽は、長く穏やかに続きそうだった。

「そろそろいいか……」

ルカのうっとりした表情を見て、カイザーが独《ひと》りごちた。

「……え？」

とろんとした目でカイザーを見上げると、カイザーが微笑んでルカの鼻の頭にちゅっとキスをする。

「ルカ、乳腺マッサージはこれからだ」

カイザーが香油を指に掬い、ルカの肛門にたっぷりと塗り足す。

そして先ほどまでの中指に加え、もう一本指を添えてずぶりと潜ってきた。

「ひゃあんっ！」

いきなり二本の指が深く潜ってきて、ルカは悲鳴を上げた。

「あ、あ……！」

二本の指が肛門を広げるようにばらばらに動く。中指と人差し指だということがはっきりとわかる。

「あああーっ！」

カイザーの中指の腹が、ルカの肛門の中のある一点に触れた瞬間、突然ルカの体に衝撃が走った。

「ひゃっ、嫌！　そこ、だめえっ！」

その一点を、カイザーが執拗に愛撫する。

射精を堰き止められていたペニスが、再び出口を求めて暴れ出す。

先ほどまでゆったりと凪《な》いでいた官能の海が、突然嵐に襲われたような感じだった。

「ここが乳腺だ」

「あ、あああっ、い、いやあ……っ」

呂律《ろれつ》が回らなくなるほど、快感は強烈だった。

カイザーの言ったとおり、もしリボンで縛られていなかったら、触られた瞬間に射精していたかもしれない。

「あっ、いっ、痛い、おちんちんの、ほどいてえっ」

とにかく射精したくてたまらなくて、ルカは泣きながら懇願した。

乳を出すためにはこの高ぶった状態を継続していなくてはならないという話だったが、もう耐えられそうもない。

「カイザー、カイザあ……っ」

子供のように泣きじゃくると、ルカの泣き顔に見入っていたカイザーがはっとしたように肛門から指を抜いてくれた。

「今ほどいてやる」

先走りでびしょ濡れになったリボンは、なかなかほどけなかった。

「あ、あ……っ、ああんっ！」

ようやくリボンがほどけた途端、ルカは射精した。

長い間堰き止められていた精液はぴゅっと勢いよく飛び散り、ルカ自身の顔や胸、そしてカイザーの胸や頬を濡らした。

「あ……はあっ」

荒い息で、ルカの薄い胸が大きく上下する。

（なに今の……すごかった……）

肛門の奥の乳腺を触られた途端、官能の嵐に襲われて訳がわからなくなってしまった。

カイザーが両手首を縛っていたリボンもほどいてくれた。ルカの頬についた精液を指で拭い取り、ぺろりと舐める。

ぼんやりと見ていると、カイザーがくすりと笑った。

「気持ちよかったか？」

「……ん……だけど……」

せっかくの精液をまた零してしまった。それに……。

「……おっぱい、出ない」

力の入らない手で自分の乳首を摘んでみるが、乳は一滴も出てこなかった。

ぽろりと涙が頬を伝う。

「慌てなくていい。乳腺マッサージをしてもすぐには乳は出ないそうだ。これから毎日マッサージを続ければいい」

カイザーに抱き起こされて、ルカはその広い胸にぐったりともたれた。

「ルカのおかげでかなり快方に向かっている。……ほら、わかるか？」

カイザーがルカを抱いたまま胡座をかく。向かい合って体が密着し、硬い感触にルカはあっと声を上げた。

カイザーの性器が、隆々と勃起している。

見下ろすと、夜着の合わせを割って大きく逞しい屹立が覗いている。

赤黒く怒張した亀頭は濡れており、先端の割れ目から新たな先走りを溢れさせていた。

（すごい……）

カイザーの勃起を見るのは、パーティーの夜以来だった。ここに来て治療を始めてからは、いつも精液を搾り取られて先に寝てしまっていたので、カイザーが勃起していたかどうかよく覚えていない。

「勃起したのは久しぶりだ」

ルカの心を読んだかのように、カイザーが耳元で囁く。

「病気になってから全然勃たなかったのだが、ルカのおかげでこんなに回復した」

「あ……っ」

カイザーが腰を突き上げて、自身の亀頭でルカのペニスを軽く擦る。

大きく張り出した雁《かり》が当たり、ルカは身悶えた。

猛々しい勃起に見とれているうちにルカのペニスも頭をもたげ始めており、カイザーが二つの勃起をゆるゆると擦り合わせる。

——パーティーの夜も、こうして射精を導かれた。

あのときは初めてで怖かったが、今はカイザーの力強く漲《みなぎ》った牡が愛おしい。

(本当に病気がよくなってきてるんだ……)

それだけで心が熱くなる。

「あ……っ」

カイザーに抱き締められ、ルカは自分が完全に勃起していることに気づいた。

大きさの違う二つの性器が擦れ合い、新たな官能を知ったばかりの尻の奥がずくんとはしたなく疼く。

尻の奥の乳腺が感じると、そこから再び乳首へと快感がせり上がってきた。

「あ……カイザ……っ、お、おっぱい吸ってみて……っ」

今なら出るかもしれないから、と続けようとするが、声にならなかった。

カイザーが低く唸ってルカを押し倒し、つんつん尖って弄虐を待ち侘びている乳首にむしゃぶりつく。

「ああっ、あひ……っ」

カイザーは左の乳首を吸いながら、右の乳首からも乳の出を促すように指できつく摘んだり引っ張ったりしている。

「あ、だめ、あっ、ああんっ！」

一際きつく吸われて、乳頭から何かが出たような感覚に襲われる。

しかし実際に出たのはペニスのほうだった。今日二度目の射精に、ルカはびくびくと震えながら快感を貪る。

「ルカ……！」

「いやっ、そこ、擦っちゃいやあっ！」

射精中のペニスにカイザーの硬く太いペニスを擦りつけられて、ルカは度の過ぎる快感に咽《むせ》び泣いた。

やがて二人の体の間で熱い飛沫が弾《はじ》ける。

カイザーが射精したのだと理解し……その力強い奔流《ほんりゅう》を体で感じながら、ルカは幸福感に包まれた。

急に眠気が襲ってくる。目を閉じて快感の余韻を味わっていると、カイザーの大きな手に優しく髪を撫でられた。

「気持ちよかったか」

「ん……」

「結婚したらもっと気持ちよくしてやる」

微睡みながら、ルカはカイザーの言葉を反芻した。

(もっと気持ちいいことってなんだろう……)

ルカの耳に唇を寄せ、カイザーが甘く囁く。

「乳腺を、これで……擦るんだ」

カイザーがルカの手を取り、そっと自身の亀頭を握らせる。そこはまだ硬さを保っており、熱く濡れていた。

「あ……っ」

目を閉じたまま、ルカはその大きさにぶるっと体を震わせた。

(お尻の中に……カイザーのこれが……)

こんな大きいものが入るはずがない。

けれど、もしこれが入ってきたら……。

カイザーの逞しい性器で乳腺を突かれることを想像し、あまりの淫らさにルカはいやいやするように首を振った。

無意識に膝を閉じてもじもじと擦り合わせる。射精したばかりのペニスが、カイザーの言葉に反応したようにとろとろと残滓を零す。

ルカ自身はそのことに気づかなかったが……カイザーの青い瞳が、じっとルカの痴態《ちたい》を見つめていた。

◇◇◇

「はああ……」

穏やかな晴天の昼下がり。ルカは一人、黒竜城で宛《あて》がわれた客間の長椅子に寝そべってため息をついた。

図書室から借りてきた本を読もうとしているのだが、内容はちっとも頭に入ってこない。

――ルカが黒竜城を訪れて明日でちょうど十日になる。

だらしなく横たわり、ルカは知らず知らずのうちに夕べの官能の記憶をたどっていた。

カイザーの唇、カイザーの指、そしてカイザーの青い瞳……。

乳首や肛門の奥をまさぐられる感覚が鮮明に甦り、ルカは慌てていやらしい妄想を振り払った。

（うわ、お、俺ってば何を……っ）

無意識のうちにシャツの上から胸を撫でていたことに気づき、椅子の上に跳ね起きる。

（まずい……このままでは非常にまずい）

きちんと長椅子に座り直し、ルカは眉間にしわを寄せた。

ルカは今、自身の心と体について大きな悩みを抱えている。

（こんないやらしい体になってしまって……治療が終わったら俺、どうなっちゃうんだろう）

いまだに乳が出ないのが悩みだが、カイザーは日に日に回復してきている。命の危機はとっくに脱したし、あとは時間の問題のような気がする。

カイザーの病気が治ったら、当然ながらルカによる治療も終了だ。

カイザーには一日も早く元通り元気になって欲しい。その反面、自分は治療が終わることを怖れている……。

ルカの官能は、すべてカイザーの手によって目覚め、花開いた。カイザー以外の人間の手で官能が得られるとは思わないし、カイザー以外の人とあんなことはできそうにない。

『いっそのこと、ここに滞在中にカイザーさまと婚約なさってはどうです？　今ならお二人のご結婚に反対する人などいませんよ』

ネヴィルはそう言ってけしかけるが、ルカはカイザーと結婚するつもりはない。

確かにネヴィルの言うとおり、重病の第一王子を救ったルカは、バーデンバッハ国王をはじめ、国民の皆にとっての恩人だろう。しかもカイザー自身がルカを花嫁にと強く望んでいる。

（でも俺は、やっぱりカイザーとは結婚できない……）

カイザーのことが嫌いなわけではない。けれど……。

長椅子の前に置かれたテーブルの上、銀の盆に載った数通の手紙をルカは見つめた。

手紙はすべて妹のリリアからのものだ。カイザー宛の見舞いの手紙以外にも、リリアはルカにも手紙を送ってきている。

リリアとの約束を、忘れたわけではない。

けれどもう少しだけ、カイザーと過ごしていたい……。

客間の扉がノックされる音で、ルカははっと我に返った。

「ルカさま、ネヴィルです」

扉を開けて、ネヴィルがするりと入ってくる。

「明後日《あさって》、リリアさまがカイザーさまのお見舞いにいらっしゃるそうです」

「……そうか」

窓の外に目をやって、ルカは短く頷いた。

リリアにカイザーの見舞いに来るように手紙を書いたのはルカだ。重篤状態は脱したから、カイザーを元気づけるために是非来て欲しいと書いた。

(そろそろ潮時《しおどき》だ)

緑の瞳に憂《うれ》いを湛《たた》えて、ルカは長い間窓の外を眺めていた。

◇◇◇

「よく来たね、リリア」

翌々日の昼下がり。予定通りに馬車で到着したリリアとその一行を黒竜城の前で出迎えて、ルカは妹に優しく微笑みかけた。

「お兄さま！」

リリアが駆け寄ってきて、花が綻んだような笑みを浮かべる。

旅行用の青いドレスとお揃いのボンネットがよく似合っている。ルカは改めて妹の美貌に感心した。

「その後、カイザーさまのご容態はいかがですの？」

リリアが声を潜め、気遣わしげな表情になる。

「かなりよくなってきているよ。大事を取ってまだ人前に出るような仕事は控えているが、自室で書類を読んだり書いたりといった仕事はもう再開している」

「そうですの……よかったですわ」

リリアが胸の前で手を組んで頷く。

青いドレスの胸をちらりと見て、ルカはずきんと心が痛んだ。

（リリアだったら……『乙女の乳首』を飲めばすぐに乳が出たんだろうなあ……。そしたらカイザーの病気ももっと早くよくなって、今頃は完全に回復してただろうに）

結局ルカの胸はなんの変化もなく、乳も出ずじまいだ。

『乙女の乳首』を飲んだり乳腺マッサージを受けたりしているうちに少しは膨らんだりするのかと思っていたが、それもなかった。

――いや、変化はあった。

リリアの手を取って黒竜城へ案内しようとしたルカは、くるりと向きを変えた途端に絹のシャツに乳首が擦れる感触に動揺した。

乳も出ないくせに、ルカの乳首はほとんど勃ちっぱなしの状態だ。

丸い肉粒は心なしか前より大きくなった気がする。色もごく淡いピンク色だったのに、服に擦れるせいか、乳頭にほんのり赤みが差している。

そして何よりも、乳首や乳腺がひどく感じやすくなってしまい……カイザーに触れられただけで高ぶってしまう。

「お兄さま、顔色が悪いですわ。カイザーさまのご看病でお疲れになっているのでは……」

リリアに顔を覗き込まれ、ルカは慌てて笑顔を作った。

「そんなことないよ！　俺は元気なだけが取り柄だし」

本当は結構疲れていると思う。

今までこんなに連日射精することはなかったし、初な体は度の過ぎる快楽にまだ慣れることができず戸惑っている。

「私も看病のお手伝いをしますわ」

リリアに言われて、ルカは曖昧《あいまい》な笑みを浮かべた。

嫁入り前の乙女に、治療とはいえあんな恥ずかしいことをさせるわけにはいかない。

（……でも、いずれカイザーと結婚するんだったら……問題ないかも）

乳首がシャツに擦れないようにぎくしゃくと歩きながら、ルカはリリアを黒竜城の奥にある謁見の間へと案内した。

国王陛下と謁見した後、ルカはリリアとともにカイザーの部屋を訪れた。

リリアが来ることはあらかじめカイザーにも伝えてあったので、カイザーはきちんと服を着て応接間の肘掛け椅子に座っていた。

続き部屋の寝室にはリリアを入れないつもりらしい。それを知って、ルカはほっとした。治療とはいえ、カイザーと恥ずかしいことをしているベッドをリリアに見られるのは、なんとなく気まずい。

「よく来て下さった」

カイザーはにこやかに立ち上がり、リリアの手を取ってその甲に口づけた。

傍で見ていたルカの胸が、ざわりと波立つ。

カイザーのキスは貴婦人に対する礼儀でしかないのだが、落ち着かない気分で目線を彷徨わせる。

「カイザーさま……お元気そうで安心いたしました」

リリアが堪えきれなくなったように涙ぐみ、レースのハンカチでそっと目頭を押さえた。

「ご心配いただきかたじけない。あなたのお兄さまの看病のおかげで命を取り留めました」

カイザーがにっこりと笑みを浮かべる。

その笑みは、ごく事務的なものだった。他人から見れば同じように見えるかもしれないが、ルカには違いがわかる。ルカに向けられる笑顔は全然違う。

（……だからなんだっていうんだ）

いちいちそんなことを思ってしまう自分を、ルカは自嘲した。

カイザーが自分にリラックスした顔を見せるのは、単に幼なじみで気心が知れているからだ。

「リリア姫こそ、馬車での長旅でお疲れではないですか？」

「いえ、私は……」

「リリア姫がバーデンバッハにいらっしゃったのは……もしかして初めてですか」

「いえ、二年前にも一度……」

「ああ、これは失敬」

あまり弾んでいるとは言えない会話もやがて途切れ、リリアが救いを求めるようにルカを見上げた。

「リリア、カイザー殿は療養ですっかり退屈しておられる。チェスの相手をしていただいてはどうかな」

リリアが頬を染め、こくりと頷く。

今までリリアはカイザーと口を利く機会があまりなかった。いきなり結婚の話をするよりも、ゲームをきっかけにおしゃべりをして打ち解けていくほうがいいだろう。

カイザーが少しよくなってからは、ルカも日中何度かチェスの相手に呼ばれている。チェスをするくらいなら、カイザーの体にも負担がかからない。

ちらりとカイザーを見やると、カイザーが「仕方ないな」というふうに微笑んだ。

「では、盤の用意を」

カイザーが傍に控えていた従者に命じて、大理石でできたチェス盤を持ってこさせる。

静かにゲームを始めたカイザーとリリアを、ルカは窓辺に立って見守った。

金髪碧眼の二人は、生まれながらに一対であるかのように美しかった。

無意識に、ルカは自分の赤い髪を指先で摘んで引っ張っていた。

リリアの美しい金髪を見ると、自分の赤毛がどうしようもなく醜《みにく》いものに思えてきて嫌になる。

カイザーの金髪を見ても卑屈な気持ちにはならないのだが……。

(俺はリリアに嫉妬している)

もやもやする気持ちの正体に、本当はもうずっと前から気づいていた。

気づいていたけれど、認めたくなくて目を逸らしていた。

(俺は……カイザーを…………)

……愛している。

幼なじみとしてではなく、一人の男性として。

本当は、プロポーズされて嬉しかった。許されるなら、カイザーと結婚したかった。

(だけどやっぱり……俺じゃだめなんだ)

胸の奥が、ぎゅっと締めつけられるように痛い。

深呼吸して精一杯の笑顔を作り、ルカは軽く咳払いをした。

「申し訳ありませんが、少し頭痛がするので私は下がらせていただきます」

カイザーが盤から顔を上げて何か言おうとしたので、ルカはそれを素早く遮った。

「いえ、ご心配なく。たいしたことはありませんので。それよりリリアをどうぞよろしくお願いします」

応接間にはカイザーの従者もいるし、控えの間にはリリアの小間使いもいる。自分が席を外しても構わないだろう。

「ルカ……!」

カイザーが何か言いかけたが、ルカは聞こえないふりをしてするりと応接間から抜け出した。

「ルカさま?」

リリアの小間使いと共に控えの間にいたネヴィルが立ち上がる。

「……ちょっと気分が悪いので退出させてもらった。部屋に戻って少し休む」

「お薬をお持ちします」

ネヴィルがついてこようとしたが、ルカはそっと手で制して悪戯っぽく笑った。

「いや、いい。実を言うと寝不足なだけなんだ。夕食まで寝かせてくれ」

「わかりました」

「ああ、ついてこなくていい。リリアはカイザーにチェスの相手をしてもらっている。ゲームが終わるまでまだ少しかかると思う。それに」

さりげなくリリアの若い小間使いを目で示し、ルカは声を潜《ひそ》めた。

「彼女もここに一人じゃ心細いだろう。すまないが、リリアと彼女を客間まで送り届けてやってくれ」

ネヴィルにそう言い残し、ルカは一人で自分に宛がわれた寝室へ向かった。

寝室の扉を閉めると、ベッドには行かずにデスクに便箋を広げる。

まず、リリアに短い手紙をしたためる。続いてルカはカイザーへの手紙を書き始めた。

「…………」

言葉を綴《つづ》ろうとするが、ペンは止まりがちになる。

カイザーへ、自分の正直な気持ちを打ち明ける気はない。しかし取り繕《つくろ》って書いても行間から本当の気持ちが滲《にじ》み出してしまいそうで、ルカは手紙を書くのをやめた。

書きかけの便箋を折りたたんでポケットに突っ込む。

濃紺のマントを羽織り、ルカは身の回りのものを適当に鞄《かばん》に押し込んだ。

ここからルメールまで、さほど長旅ではない。一人でも大丈夫だろう。

ネヴィルに言うと止められるのはわかっているので、ルカは黙って抜け出すつもりだった。

最後にネヴィル宛に「先にモニクに戻る」とだけ書いてデスクの上に置き、ルカは足音を忍ばせて寝室を抜け出した。

囚われたルカ

白馬を駆ってフォンブルクの街外れまで来ると、ルカはほっと一息ついた。

ここまで来ればもう大丈夫だろう。

黒竜城の城門を守る衛兵たちには、「街を見物に行く」と言って通してもらった。ルカ一人で出かけることを訝《いぶか》る衛兵に、「ネヴィルもあとから来る」と嘘をついてやや強引に抜け出してきた。

「さて、日が暮れる前に国境まで行こうか」

ルカは愛馬に言い聞かせるように、白いたてがみを軽く撫でた。

ルメールとバーデンバッハの国境近くに小さな街がある。ユルゲンというその街は交通の要所で宿屋も多く、泊まる場所には困らないだろう。

後ろを振り返ると、黒竜城の威風堂々とした姿が目に映る。

（カイザー……早く元気になりますように）

目を閉じて心の中で祈る。

しばらくその場で物思いに耽り……未練を断ち切るように、ルカは馬の手綱を引いた。

◇◇◇

旅は順調に進み、夕刻にはユルゲンにたどり着くことができた。

しかし予想外の事態に出くわし、ルカはほとほと困り果ててしまった。

ルカは知らなかったのだが、ユルゲンはちょうど明日から祭りが始まるらしい。街は大勢の行商人や近隣の村人たちで溢れかえり、宿屋がどこもかしこも満員なのだ。

(弱ったな……まさか祭りとかち合うとは)

数軒続けて宿泊を断られ、だめもとで通りすがりに目についた宿屋にも立ち寄ってみる。『子羊亭』という看板のかかったその宿は、一階が食堂、二階が客室というありがちな店だった。さして広くもない食堂はほぼ満席で、安物の葡萄酒の匂いが充満している。

隅のテーブルで酒を飲みながら声高《こわだか》に話していた連中が、戸口に現れたルカに気づいて物珍しげにじろじろと睨《ね》め回した。

先ほどから宿屋に入るたびにこうだ。濃紺のマントは持っている衣裳の中では地味なほうだが、やはり町人たちから見たら上等の品であることがわかるのだろう。

(この格好で出てきたのはまずかったかな)

モニクでは貴族の若者たちが街をそぞろ歩くのは珍しいことではないのだが、ここユルゲンは事情が違う。街道の宿場町として栄えてきたユルゲンには貴族などいないし、モニクに比べると治安もいいとは言えない。

赤い髪を隠しているフードを引っ張って、ルカはより深々と顔を隠して俯いた。

「お客さん、そこの席が空いてるよ！」

料理を運んできた恰幅《かっぷく》のいい中年の女将《おかみ》が、ルカを手招きして空席を指さす。

「いやあの、部屋を借りたいんだが……」

「ええ？」

厨房《ちゅうぼう》に戻りかけた女将に、ルカはもう一度大声で叫んだ。

「部屋を借りたいんだが、空いてますか！」

「部屋？　悪いね、満室なんだよ！」

女将も声を張り上げ、首を横に振る。

近所に他に宿屋はあるか聞こうとしたが、忙しそうな女将はさっさと厨房に引っ込んでしまった。

(仕方ない。もう少し探してみて、見つからなければ野宿だな)

野宿はしたことがないのだが、一晩くらいならなんとかなるだろう。そう考えて、ルカは踵を返して店の外に出た。

いつのまにか日はとっぷりと暮れ、空には月が煌々と輝いている。

「おい、お若いの。宿をお探しかね」

白馬の手綱を引いて歩き始めたところで、ルカは背後から声をかけられて立ち止まった。振り向くと、『子羊亭』で酒を飲んでいた連中の一人だった。四十前後の、よく日焼けた商人風の男だ。

「ああ……」

戸惑いながら頷くと、男はすきっ歯を見せてにやっと笑った。

「今からじゃどこも空いてないよ。町中の宿片っ端から当たったって、ぜーんぶ満室だ」

男の言葉に、ルカは曖昧に頷いた。

男が小走りにルカの傍に駆け寄ってくる。小柄なルカよりも更に背の低い男は、ルカの顔を下から覗き込むようにして酒臭い息を吐いた。

「だけど今からでも泊まれる部屋がないわけじゃない。宿屋の看板は出してないが、紹介があれば旅人を泊める家があるんだ。なんだったら紹介してやろうか」

ルカは男の顔を胡散臭《うさんくさ》げに見下ろした。男の風体やしゃべり方は、なんとなく信用できない印象だった。

「いや……結構だ」

断って歩き始めるが、男も横に並んでついてくる。

「まさか野宿するつもりかい？　はは、怖いもの知らずだな。ユルゲンの周辺で野宿なんかしたら、あっというまに身ぐるみ剝《は》がされるぞ」

「………そうなのか？」

ルカが呟くと、男はルカの前に立ち塞がるようにして声を潜めた。

「あんた、ユルゲンに来たの初めてだろ。悪いこたあ言わない。そこらの宿屋よりちいとばかり高いが、泊めてもらったほうが身のためだ」

ルカは立ち止まり、しばし逡巡した。

金ならある程度持っているし、出し惜しむつもりもない。男の言うとおり、泊めてもらったほうがいいだろうか。

「……なぜ見ず知らずの俺に声をかけた」

それでもなんとなく信用できなくて、ルカは用心深く男に尋ねた。

「俺だって誰でも彼でも声かけてるわけじゃねえさ。兄さん、モニクあたりのお貴族さんだろ。じゃなきゃ裕福な商家のお坊ちゃんてとこかな」

男の推測は当たらずとも遠からずで、ルカは内心ぎょっとした。

「ぶっちゃけて言うと、俺は客案内に雇われてるのさ。貧乏人には声はかけねえ。兄さんみたいに金のありそうな御仁だけ連れてくるように言われてる。兄さんを安全で清潔な宿に案内し、俺はその家の主人から案内料をいただく。それだけのことよ」

なるほど、そういう絡繰《からく》りか。ここバーデンバッハでも宿屋を開業するには許可がいるはずだが、ちゃっかりした商人が潜《もぐ》りで宿を経営して小銭を稼いでいるわけだ。

ルカの中で、好奇心がむくむくと涌き起こる。

王子として暮らしていると、そのような場所を訪れる機会など滅多《めった》にない。違法の宿に潜入して告発……などと大それたことを考えているわけではなく、市井《しせい》の人々の生活を垣間見てみたいという純粋な好奇心にルカは突き動かされた。

「いくらだ」

「銀貨一枚」

男が人差し指を立てる。この辺りの安宿の十倍の値段だ。しかし身の安全を買うと考えれば妥当な金額だろう。

「では案内を頼もう」

モニクの商家の若旦那のふりをすることに決め、ルカはわざと尊大な物言いをして小男を見下ろした。

男はにやりと笑って頷き、闇に包まれたユルゲンの街を歩き始める。

「ここから遠いのか？」

「いや、すぐそこだ」

男が細い路地に入り、前方を指さす。路地には饐《す》えた臭いが漂っており、ルカは思わず顔をしかめた。

路地の隅で、酔っぱらいが寝転がって高鼾《たかいびき》をかいている。その酔っぱらいの懐に手を突っ込んでいた男が「ちぇっ、文無しかよ！」と悪態をついて立ち上がる。

白馬の手綱を引きながら、ルカはびくびくと肩を竦めた。

「あら、ゼップじゃないの。ご無沙汰《ぶさた》ね。寄っていきなさいよ」

騒々しい酒場の戸口に立って煙草《たばこ》をふかしていた女が、小男に声をかける。

「客人の案内中だからまたあとでな」

小男はゼップという名前らしい。にやにやしながら女の体を眺め回す。

女は元の顔がわからないくらいに厚化粧をしており、ほとんど半裸のようないかがわしい衣裳をまとっていた。

「へえ……お館のお客さん？」

女に顔を覗き込まれ、ルカはたじろいだ。煙草の煙が顔にかかり、小さく咳き込む。

「なんだい、まだ子供じゃないか」

フードの下のルカの顔を見て、女が可笑しそうに笑った。

子供呼ばわりされて、ルカはむっと唇を尖らせる。

「こんな坊やに館の女を買わせようってのかい？」

「えっ？」

女の言葉にルカが怪訝そうに顔を上げると、ゼップが慌てて二人の間に割って入った。

「違う違う、館に〝案内〟してるんだ。変なこと言わないでくれよ」

ゼップの言葉に、女は一拍置いてから「ああ……」と大きく頷いた。

「さ、こんなところでぐずぐずしてないでさっさと宿に行きましょう」

ゼップが作り笑いを浮かべるが、ルカは凍りついたようにその場に立ち竦んだ。

（ひょっとしてこの男が案内しようとしてるのは……娼館《しょうかん》、なのか？）

世の中に娼婦という仕事があることは、ルカも知っている。ルメールの貴族の中にも街の娼館通いをしている者もいると小耳に挟んだことがある。

「あ、あの俺……っ」

ようやく宿代が相場より高い理由に気づき、ルカは真っ青になって踵を返した。

ゼップが大きく舌打ちをする。

「おいっ！　捕まえろ！」

（え……!?）

路地の暗がりから男たちが数人、ルカを取り囲むようにして現れる。

そのうちの一人の顔が月明かりに照らされ、ルカははっとした。ゼップと一緒に『子羊亭』で酒を飲んでいた連中だ。

「うわあああっ！」

屈強な男たち数人に体当たりされ、ルカは路地の石畳の上に尻餅《しりもち》をついた。

白馬が驚いたように嘶《いなな》き、手綱を振り切って猛然と路地を走り出す。

「殴るな！　大事な商品だ！　とりあえず薬嗅《か》がせろ！」

ルカの襟首を摑んだ男に向かってゼップが叫ぶ。

同時に、ハンカチのようなもので鼻と口を覆われる。

(商品ってどういうことだ？　薬？)

鼻がつんとするような刺激臭に顔をしかめるが、それも一瞬のことだった。

ルカはがくりと崩れ落ち、フードが脱げてその美しい赤毛が月明かりに晒された――。

◇◇◇

「ほお……これはこれは、なんと美しい赤毛だ」

――誰かが髪を撫でている。

（カイザー……？）

目を開けようとするが、瞼が重くて開かない。おまけにひどい頭痛がして、ルカは細い眉をきりきりと寄せた。

「目はエメラルドみてえな緑ですよ。どえらい別嬪です。滅多にいない上玉ですぜ」

「寝顔でこれだけ綺麗なら、目を覚ましたらさぞかし美人だろうな」

ようやくルカは、意識を取り戻し始めた。

（俺は……黒竜城を抜け出して、国境のユルゲンまでたどり着いて……）

目を閉じたまま、ルカは必死で記憶をたぐり寄せた。考えようとすると、頭がきりきり痛んで邪魔をする。

誰かがしきりに髪を弄っているのも不快だった。カイザーに触られるのはあんなに心地いいのに、全然違う。

（そうだ……宿屋に案内すると言われて……）

小男のすきっ歯が脳裏に甦る。

「いやあ、旦那が女だけじゃなくて見目のいい若い男も連れてこいなんて言い出したときには耳を疑いましたが、これくらい綺麗な男だったら十分商品になりますなあ」

間違いない。ゼップと呼ばれていた小男の声だ。

「これならそこらの女より価値があるさ」

これは知らない声だった。声の感じからして、まだ若い男のようだ。

若い男は下卑《げび》た笑い声を立て、無遠慮にルカの頬に触れた。

「うちのお得意さんが『女はもう飽きた、男を抱きたい』などと言い出したときには、この変態爺《じじい》め、と思ったもんだが……こういう美少年を集めて別館を作るのもいいかもな」

「へへっ、俺も協力しますぜ、旦那」

ゼップがおもねるように卑屈に笑う。

「さて、お嬢ちゃん。さっきから目が覚めてるんだろう」

男の指が唇に触れ、ルカはぎくりとして目を開けた。

薬が切れてきたのか、今度はすんなりと瞼が開いた。頭痛もさっきよりだいぶましになってきている。

「ほお……これは驚いた。想像以上だな」

男が鳶色《とびいろ》の目を見開き、感心したようにルカの美貌に見入った。

ルカも目玉だけ動かして、男の顔をまじまじと見つめた。

ひどく険のある顔立ちだった。尖った顎に尖った鼻、薄い眉毛の間には傷跡がある。褐色の長い髪を後ろで束ね、白いシャツの胸をだらしなくはだけている。

男が舌なめずりするようにルカの肢体を見回し……ぞっとするような笑みを浮かべた。

「こいつは客に出す前に俺が味見するとしよう……おい」

男は顎でゼップに部屋を出ていくよう命令した。

ルカの足元のほうに座っていたゼップが、渋々といった様子で立ち上がる。

「旦那……俺にもちょっとばかし味見させて下さいよ」

「案内料、弾んでやっただろ」

ゼップがぶつぶつ言いながら、しかし男には逆らえないらしく部屋を出ていく。

まだ体が思うように動かせないが、ルカは必死で身を捩って逃げ道を探した。

狭い部屋には窓が見当たらず、扉も一つだけ。壁や天井にはどぎつい紅色の布が張り巡らしてあり、異様な感じだった。ルカが寝かされているベッド以外の家具はほとんどなく、部屋の狭さには不釣り合いな大きな鏡が壁に掛けてある。

ここはつまり、娼婦が仕事をするための部屋なのだろう。

(嫌だ……！)

血の気が退《ひ》き、再び頭が割れるように痛くなる。心臓が早鐘のように鳴り響き、全身の皮膚から冷たい汗が噴き出す。

男の手が、ルカのシャツのボタンを外し始める。

いつのまにかマントは脱がされ、シャツとズボンだけの姿になっていた。

（カイザー……！）

カイザー以外の男に肌を触られるなど、絶対に嫌だった。

なのに、体は硬直したように動かない。声すらも出なかった。

（嫌だ、嫌だ、嫌だ……！）

男がルカのシャツの前をはだけ、唸り声を上げた。

白く滑らかな胸板が露わになる。

淡いピンク色の乳首は、恐怖で縮こまっていた。感じて勃ってしまったときは乳頭がぷるんと丸い肉粒を作るが、今は乳輪に隠れるようになりを潜めている。

それでも可愛らしい乳首が震える様は、男に興奮と感動を与えたらしい。

「……美しい体だ。男なんぞ抱く趣味はなかったが……」

鼻息荒く、男がルカの胸をまさぐる。

しかし冷たい手の感触は気持ち悪いばかりだった。乳首はますます萎縮《いしゅく》し、感覚のないただの凝りになって男の弄虐をやり過ごす。

カイザーには少し触れられただけで感じまくっていたのに、まるで別人の体になったかのように何も感じない。

（嗅がされた薬が効いているせいだろうか……）

こんな男に触られて感じたくはないので、そのほうが都合がいい。

（このまま一生何も感じない体になっちゃえばいいのに）

そうすれば、カイザーを求めていやらしく疼く体に悩まされなくて済む。

心は疼いて痛むだろうが、せめて体だけでも落ち着いてくれたら……。

やがてルカは男から逃れようと抵抗するのをやめ、ふっと体の力を抜いた。

（カイザーとは結婚しないいんだし……別にどうなってもいいや）

自暴自棄《じぼうじき》になり、目を閉じる。

男はルカが抵抗をやめたことに気づき、にやっと笑った。

「気持ちよくなってきたのか？」

見当違いなことを言いながら男はルカの股間に手を伸ばし、乱暴にズボンを引きずり下ろした。

当然ながらそこはなんの反応も示さず、感じるどころか嫌悪感で縮こまっている。

「ほお……顔も綺麗だが、こっちも綺麗なもんだな」

しかし男は意に介さず、ぽろりとまろび出たルカの小ぶりなペニスを眺めてにやにやと笑った。男にとってはルカが感じていようがいまいがどうでもいいらしい。

「まだろくに毛も生えてないじゃないか。歳はいくつだ」

男の指が、ルカの淡い陰毛を弄る。申し訳程度に生えた柔らかな産毛《うぶげ》は、カイザーも好んで触れていた場所だ。

カイザーが指先で優しく梳《す》くように撫でて、ルカの耳元で「ここも可愛い赤毛だ」と囁いたことを思い出す。

(カイザー……)

これから先、誰かに体を触られるたびにカイザーのことを思い出すのだろうか。

何も感じない体を男にまさぐられながら、ルカは胸が締めつけられるような痛みに涙をにじませた。

「……なんだ?」

ふいに、男が手を止めて顔を上げる。

ルカもはっとして目を開けた。先ほどゼップが出て行った扉の向こうで、何か物音がしたような気がする。

「おい、ゼップ！　覗きたいんなら覗かせてやるぞ！」

大声でそう言って、男はけたたましい笑い声を上げた。笑いながらベッドから降り、扉に向かう。

（…………!?）

――――扉が開いた瞬間、ルカは自分が幻《まぼろし》を見ているのだと思った。

ここにいるはずのない人物が……カイザーが立っていた。

黒いマントに身を包み、廊下の闇に半ば同化したように立ちはだかっている。

（……違う、カイザーじゃない……？）

顔形は確かにカイザーなのに、ルカが見たことのないような怖い顔をしている。

青い目がちらりとルカを見やり、氷のように冷たく光る。

「誰だ、おまえ……」

男が全部言い終わらないうちに、どすっと鈍い音が響いた。

（な、なに!?）

男の口から「ぐえっ」と獣のような声が漏れ、その場にずるりと崩れ落ちる。カイザーが男の腹を殴りつけたのだ。

倒れた男を足で無造作《むぞうさ》に払いのけ、カイザーはつかつかとルカの横たわるベッドに歩み寄ってきた。

「こ、このやろ……っ」

カイザーの背後で男がよろめきながら立ち上がり、懐から小刀を取り出した。鞘《さや》を抜き捨てて、カイザーに刃《やいば》を向ける。

刃の閃《ひらめ》きに、ルカは息を飲んだ。

(危ない……！)

叫びたいのに声が出ない。目でカイザーに知らせようとするが、カイザーの顔は逆光になっていて表情を窺うことができない。体は硬直したようにベッドに貼りついたままで、ルカは動けない自分がもどかしかった。

「うおおっ！」

雄叫《おたけ》びを上げ、男が両手で小刀の柄を握り締めてカイザーに突進する。

「――――!!」

ルカは反射的に目を閉じた。

しかし刃が刺さる音ではなく、何か金属製のものが床に落ちる音がする。

カイザーが、小刀を持った男の腕をなぎ払ったのだ。

「この野郎！」

しかし男も負けてはいなかった。手近にあった燭台《しょくだい》を掴み、カイザーの頭を目がけて振り上げる。

ごてごてと飾りのついた燭台がカイザーの額《ひたい》を掠める。それを避《よ》けようとし、カイザーが壁際に追い詰められる。

「ひ……っ！」

喉の奥で悲鳴を上げ、ルカは身を竦ませた。

（カイザー……！）

ただカイザーの無事を祈ることしかできない自分が情けない。

ガシャーンと派手な音がして、燭台が床に叩きつけられる。

はっとして顔を上げると、カイザーと男が素手で摑み合っていた。

男が鬼のような形相《ぎょうそう》で拳を振り上げ、カイザーがさっと身を屈める。

「ぐあっ！」

苦しげな声は、カイザーではなくこの館の男のものだった。男の拳よりも先に、カイザーの膝蹴《ひざげ》りが男の腹に命中したらしい。

カイザーは肩で息をしながら床に倒れた男を見下ろしている。冷酷な眼差しだった。いつも穏やかな笑みを浮かべているカイザーと同一人物とは思えない。

男のものかカイザー自身のものなのか、握り締めた拳からは血が滴《したた》っていた。

カイザーの視線の先をたどり、床に仰向けに倒れた男の顔を見てルカは「ひっ」と喉の奥で叫び声を上げた。男は白目を剝いていた。

「ルカ」

カイザーがくるりと振り返り、ベッドに歩み寄る。その顔は、いつもの優しく穏やかな表情に戻っていた。

カイザーが跪き、ベッドに横たわるルカの手を両手で握り締めて口づける。

「カイザ……！」

愛しい男の無事に安堵し、ルカの緑色の瞳から大粒の涙が溢れ出す。

ルカの混乱した頭には、カイザーが自分を助けに来てくれたのだということがまだよく理解できていなかった。ただただ、カイザーが無事だったことが嬉しい。

カイザーが身を乗り出し、ルカの唇に唇を重ねようとしたそのとき……。

「あのー……終わりました？」

開け放った扉から、茶色いもじゃもじゃ頭が覗き込む。

「ピート！」

「ルカさま、ご無事でしたか！」

白いローブを引きずりながら、ピートが駆け寄ってくる。

ベッドに横たわったまま、ルカは首だけ動かしてピートを見上げた。

「ピート！　それ、どうしたの!?」

ピートのローブは、ざっくり斜めに刃物で切られていた。白いローブの下に紫色の布地が見えている。

「いやあ、ちょっとばかりアクシデントがありまして。ここにたどり着くまでに結構な人数の用心棒がいましてね。あんな奴ら、魔術で片付ければあっという間だったんですけど、私が呪文を唱えている間にカイザーさまが突進しちゃったもので……」

切り裂かれたローブを手で弄びながら、ピートがやや恨めしげにカイザーを見やる。

「あんな長ったらしい呪文が終わるまで待ってられるか」

「いやまあ……確かに私の呪文はちょっとばかり長いですが。そもそも私は戦闘系は専門外なんです」

「カイザー、血が……！」

カイザーのマントは黒いのですぐには気づかなかったが、よく見るとピート以上にあちこちに切り裂き跡がある。手の甲からも血が流れており、ルカは慌ててその傷口に手を伸ばした。

「大したことない」

カイザーが傷口を舌でぺろりと舐める。

その仕草がまるで獣のようで、ルカはどきりとした。

カイザーがそんなことをするのを、ルカは初めて見た。上品で優雅なカイザーには似つかわしくないが、不思議と下卑た感じはしない。乱れた髪や汗ばんだ肌と相まってやけに色っぽくて、ルカは頬を染めて目を逸らした。

「ルカ、起き上がれるか」

「う、うん……」

カイザーに抱き起こされるが、体はまだ言うことを聞かない。

「何か薬を飲まされたか？」

「飲まされてはいないと思うけど……何かつんとするような匂いを嗅がされて……」

カイザーの表情が苦々しげに歪む。

「この地方に伝わる薬草ですね。一時的に気を失ったり体が麻痺《まひ》したりしますが、時間が経てばあとには残りません。どれ、ちょっと失礼」

ピートがひょいと屈《かが》んでルカの眉間に人差し指を当てる。

聞いたことのない不思議な抑揚《よくよう》を持った言葉で、ピートが何やらぶつぶつ唱え始める。

「あ……！」

変化は突然訪れた。先ほどまで動かせなかった体に、急速に感覚が甦ってくる。

「もう大丈夫ですよ」

ピートの指が離れると、ルカはそっと自分の手を動かしてみた。

「すごい、元に戻った……！」

ピートの力を目の当たりにし、ルカは驚いて声を上擦らせた。さすが魔女の弟子だと改めて感心する。

（でも乳は出るようにならなかったけど）

あんなに『乙女の乳首』の煎じ汁を飲んだのに、全然効かなかった。乳腺マッサージは精液を出すには効果があったが、肝心の乳は出ずじまいだ。

「さあさあ、こんな場所はとっとと退散しましょう。気絶している連中が目を覚ましたらまた面倒なことになりますよ」

ピートに急き立てられ、カイザーが裸のルカをシーツにくるんで横抱きに抱き上げる。

「ちょ、ちょっと、もう自分で歩けるってば！」

カイザーは手に怪我をしている。それが気になって、ルカは「降ろして」とカイザーの胸を軽く押した。

「安全な場所に着いたら降ろしてやる」

「ええっ、うわっ！」

横抱きの体勢から荷物のように肩に担《かつ》ぎ上げられ、ルカはじたばたと暴れた。

「暴れるな」

「自分で歩ける！」

カイザーらしからぬ言い方に、ルカはついむっとして言い返してしまった。

「まあまあ。ルカさま、カイザーさまに担がせてあげて下さい。カイザーさまはルカさまのためにとんでもないスピードで馬を駆ってきたのですよ」

ピートの言葉に、ルカもはたと暴れるのをやめた。

「そういえば病気は!?」

かなりよくなってきたとはいえ、まだ公務も再開していない状態だ。馬など乗って大丈夫だったのだろうか。

「それについては心配ありません。ルカさまの献身的な看病のおかげで、驚くほど回復されてますよ」

「ほんとに？」

カイザーは黙って薄暗い廊下を大股で歩く。廊下の隅に屈強そうな男が倒れているのが目に入り、ルカはぎょっとした。

娼館の出口までくると、数人の男が床にもんどり打って呻いていた。カイザーが面倒くさそうに男たちを跨いで外に出る。

外には数人の野次馬《やじうま》たちがたむろしていたが、カイザーがじろりと睨みつけると、こそこそ散っていった。

（なんかカイザーって結構……）

いつも穏やかで紳士的だと思っていたが、案外凶暴なところもあるようだ。さすがは先の戦争を制したバーデンバッハ王家の血筋と言うべきか。

娼館から出て少し歩くと、町外れの空き地に馬が三頭並んでいた。ルカの白馬もいる。

カイザーがルカを肩から降ろし、今度は腰を抱き上げてルカを白馬に乗せてくれる。

子供の頃、よくそうやってカイザーに仔馬に乗せてもらっていたことを思い出し、ルカは気恥ずかしいようなくすぐったいような、そして懐かしい気持ちになった。

シーツを体に巻きつけ直していると、カイザーが自分のマントを着せかけてくれた。

「そういえば、どうして俺の居場所がわかったの？」

馬上からカイザーとピートの顔を交互に見下ろして尋ねる。

「リリアさまに残されたお手紙ですよ」

「え？」

リリアには、先に帰るのでカイザーの看病を頼むとしか書いていない。

ルメールに向かったことはわかっても、ここユルゲンに寄るかどうかはわからないし、ましてや娼館に囚《とら》われていることなどどうやって知ったのだろう。

ルカの怪訝そうな顔を見て、ピートがにやりと笑った。

「私は魔女の弟子ですよ？　強い想いのこもった物に触れると、その想いを発している人物を探し当てることができます。ルカさまのお手紙に触れて、ルカさまの痕跡《こんせき》をたどったのです」

「そうなんだ……あんな手紙でよくわかったね」

「たった数行のお手紙でしたが、ルカさまの想いがいっぱい詰まってましたよ。カイザーさまへのお気持ちが……」

「ええっ？　あ、そ、それは早く病気が治るといいなーって」

ピートに自分の気持ちをばらされそうになり、ルカは慌てて遮った。

「いやあ、それにしてもルカさまの姿が見えなくなったときの騒ぎといったら、そりゃもうすごかったですよ。ネヴィルさまは日頃の冷静さを失っておろおろするし、リリアさまは泣き出すし、まあなんといってもカイザーさまの取り乱しようは圧巻でした」

「ピート！」

カイザーが苦々しげに遮る。

「一番の被害者は私なんですから、少しは言わせて下さいよ。カイザーさまに胸ぐら摑まれて『ルカはどこだ、ルカを探せ！』って脳震盪《のうしんとう》起こしそうなくらい揺すられたんですからねっ」

ピートが唇を尖らせ、カイザーが決まり悪げにそっぽを向く。

自分が抜け出したことがそんな騒ぎになると思わず、ルカは申し訳ない気持ちになったが……それ以上に、カイザーが取り乱すほど心配してくれたことが嬉しかった。

「……心配をかけてごめんなさい」

ルカは深々と頭を下げた。ルメールに帰るくらい一人でなんとかなると思っていたが、自分はまだまだ世間知らずだ。

「無事でよかった」

カイザーが独り言のように呟き、馬に跨る。

「さあさあ、黒竜城へ帰りましょう。皆さんお待ちかねですよ」

「いや、私とルカは帰らない」

ピートも馬に乗ろうと鐙《あぶみ》に足をかけたところで、カイザーが意外なことを言い出した。

「えっ？　モニクへ行かれるのですか？」

ルカも怪訝そうにカイザーを振り返った。自分はこのままモニクに帰ってもいいのだが、カイザーはそういうわけにはいかないだろう。

「一足先にハネムーンだ」

——数秒間の沈黙の後、ルカとピートが同時に「えええ!?」と声を上げる。

「な、何言ってんだよ！　俺はおまえとは結婚しないって言ってるだろ！」

「婚約だの結婚式だのまだるっこしいことを言っていたら、いつまで経っても夫婦になれない。形ばかりの式など挙げなくともいい。今夜結婚しよう」

「いやだから、俺は結婚はしないって！」

「ハネムーンの場所ももう決めてある。アーデンの館だ」

「…………っ」

アーデンの館と聞いて、ルカは反論しようとした言葉を失った。

——ルカが初めてカイザーに会った場所。カイザーと輝くような毎日を過ごした、大切な思い出の場所だ。

そして多分、二人にとって幼い初恋の場所……。

「我々のハネムーンに、これほど相応《ふさわ》しい場所はあるまい」

カイザーがルカを見つめ、優しく微笑む。

ルカは呆然とその笑顔に見入った。言葉が出てこないが、胸のうちに熱いものがこみ上げてくる。

カイザーの青い瞳が、ルカの緑色の瞳を力強く見つめている。

それは揺るぎのない視線だった。

バーデンバッハの次期王の花嫁に、自分は相応しくないことはわかっている。

けれどルカはカイザーが大好きで、ずっと一緒にいたい。

(このままカイザーに攫われたい)

目の前に差し出された大きな手に、ルカはふらふらと誘われるように自分の手を重ねた。

「今からアーデンですか？　ちょっと遠いんじゃないですかねえ」

ピートが現実的なセリフを呟き、ルカもはっと我に返った。確かにアーデンは首都モニクからも遠い辺鄙《へんぴ》な場所だ。

しかし重ねた手はしっかり握り締められ、離してもらえない。

「ピート。なんのためにおまえがいると思ってるんだ」

カイザーがにっこりと笑ってピートを見やる。

「ええっ？」

ピートは目を白黒させ……困ったように眉尻を下げた。

「うーん、まあできなくはないですが……結構しんどいんですよねえ……あれやると三日くらい体きついんですよねえ」

ぶつぶつ言いながら、ピートは指輪に付いている大きな紫色の石をローブの端で擦り始めた。

「黒竜城で好きなだけ休んでいけばいい」

「そうもいきません。私はこれでも色々と忙しいのです」

しゃべりながらピートはせかせかと石を磨《みが》いている。石がぼうっと薄紫の光を放ち始めた気がして、ルカは目をぱちくりさせた。

「お帰りは自力でお願いしますね」

「ああ、わかってる」

「え？　ちょっと、なに？　どういうこと？」

カイザーとピートの会話についていけず、ルカは縋るようにカイザーを見上げた。

カイザーが「心配するな」というように微笑み、ルカの手をしっかりと握り直す。

「それでは、いってらっしゃいまし」

ピートが指輪を天に掲げるように手を振り上げると、突然濃い霧《きり》が視界を塞いだ。まるで雲の中にいるような、真っ白な霧だ。

「カイザー！」

慌てて叫ぶが、水の中で叫んだときのように声がくぐもってしまう。

それでもカイザーはルカの声を聞き取ったらしく、霧の中で振り返った。

「大丈夫だ」

カイザーの声もくぐもっていたが、その言葉は耳よりも心に直接響いてきた。その力強い口調に、ルカの不安な気持ちが和らいでいく。

（そうだ、カイザーと一緒ならどこへ行くのも怖くはない……）

カイザーとしっかり手を繋ぎ合い、ルカは白い霧の彼方《かなた》へ吸い込まれていった。

思い出のアーデンの森

――懐かしいアーデンの森の館が見える。

今宵は明るい月夜だ。月明かりに照らされて、カイザーとよく一緒に遊んだ中庭もはっきりと見ることができる。

館の向こうには、月を映して静かに眠る湖も見える。

（あれ？　俺、もしかして空飛んでる？）

自分がアーデンの館を見下ろしていることに気づき、ルカは可笑しくなった。

空を飛べるわけがない。きっとこれは夢だ。

なのに、髪をたなびかせる風がやけに現実的に感じられる……。

「――ルカ」

カイザーの声で、ルカははっと目が覚めた。

「……ここは？」

カイザーと手を繋いで、ルカはアーデンの館の中庭に立っていた。

夢ではない。本当にアーデンにいる。

「昔、私がここでプロポーズしたのを覚えているか？」

ルカはこくりと頷いた。

カイザーがルカの腰を抱き寄せ、ルカもカイザーの首に手を回す。

月明かりの下、しばらく互いの目を見つめ合い……どちらからともなく唇を寄せ合う。唇が重なり合い、カイザーが優しくルカの唇を吸う。粘膜が触れ合ったところから、体中に熱い波が広がっていく。

やがてカイザーの舌が口の中に侵入し、ルカの舌にねっとりと絡んできた。

「……んっ」

互いの唾液が混じり合って、ルカの唇の端からつうっと零れ落ちる。

優しかったキスは次第に濃厚に、そして欲情に満ちてくる。

大人のキスがひどく官能的であることを、ルカはカイザーに教わった。

それだけではない。誰かを好きになること、好きな人と触れ合いたいと思うこと、心も体も一つになりたいと願うこと……すべてカイザーに教えられた。

「あ……っ」

がくんと落ちそうになった腰を、カイザーの手にがっちりと支えられる。

体はすっかり高ぶって、脚の間は熱を帯びている。

「……ルカ、私と結婚してくれるか」

耳元で囁かれ、ルカは首を竦めた。

素直に頷きたい。だけど……。

「……っ」

ルカの頑なな態度を咎めるように、カイザーが耳を甘く噛んだ。

「ルカも私のことを愛しているのはわかっている。なのに私との結婚を承諾しないのはどうしてだ？」

「………だって、俺……」

カイザーの抱擁《ほうよう》は優しい。ルカは言うつもりのなかった本音を漏らした。

「………俺、子供産めない」

カイザーの胸に顔を埋め、ルカは改めてその事実に心を痛めた。

「そんなことは最初からわかってる」

カイザーが笑いを含んだ声で言って、ルカの背中を優しく撫でる。

がばっと顔を上げ、ルカは目に涙を溜めてカイザーを睨みつけた。

「だってカイザー、子供が欲しいって言ってたじゃん！」

「え？」

カイザーが不思議そうにルカを見下ろす。

「覚えてないのかよ？　俺とここで……アーデンで一緒に過ごしてたとき、門番の息子のジャンに弟が生まれただろ。あのとき言ったじゃないか！」

「ああ……」

ようやくカイザーも思い出したようだ。

ジャンの母親に赤ん坊を見せてもらった帰り道、「赤ちゃん可愛かったね」と目を輝かせたルカにカイザーは言った。

『私も大きくなったら、ルカみたいな可愛い赤ちゃんが欲しいよ』

『僕みたいな……？』

当時のルカにとって、それは不可解なたとえだった。

『だけど僕……赤毛だよ』

『それがいいんだよ』

『……変なの。そんなこと言うのカイザーだけだよ』

口ではそう言いながらも、なんとなく嬉しかったことを覚えている。

しかしそれは成長し、カイザーに恋心を抱くようになってからはルカを苦しめることになった。

子供を欲しがっているカイザーに、自分は子供を産んであげることができない。せめて自分の妹のリリアがカイザーの子を産んでくれたら、少しは自分に似た子供が生まれるのではないか。

「子供……欲しいって言ってたじゃないか……」

繰り返す声に嗚咽が混じる。ルカは俯いて唇を噛み締めた。

「そんなことを気にしていたのか」

カイザーがくすりと笑い、ルカの背中をぽんぽんと叩く。

「実を言うと、あれもプロポーズの一種だったんだがな」

「……え？」

「おまえに似た子供が欲しいというのは、要するにおまえと結婚したいということだろう？」

「……それは相手が女性の場合限定だろ」

「これを言うときっとおまえは笑うだろうが」

そう前置きして、カイザーはこほんと咳払いをした。

「私の叔父が男同士で結婚した話はしたよな？　この叔父が少々変わり者でな……子供だった私に色々な法螺《ほら》をさも本当のように吹き込んでは面白がっていたのだが、男でも結婚すれば子供は産めるなどと言うものだから」

「……まさかそれ信じたの!?」

「ああ。純真な子供だった私は信じたさ。要するにあれは、大きくなったら私もおまえを孕《はら》ませたいという意味だったんだ」

「……っ」

カイザーの直截《ちょくさい》な物言いに、ルカは真っ赤になって言葉を詰まらせた。

「まあその後叔父にからかわれたのだと知ってちょっとがっかりしたんだがね。でもあれは子供が欲しいという意味で言ったんじゃない。おまえと結婚したくて言ったんだ」

「子供……欲しくないの？」

「ああ。私が欲しいのはルカだけだ」

「だけど……バーデンバッハの次期王となると、世継《よつ》ぎが必要だろう？」

「気にするな。私には弟や妹が七人もいるのだ。跡継ぎは私の子でなくても、バーデンバッハ王家の血を継ぐ者の中から王にふさわしい者を選べばよい」

「……いい加減だな。ほんとにそんなんでいいのかよ」

言葉とは裏腹に、ルカの頬に涙が幾筋も伝う。

それを唇で拭いながら、カイザーが「いいんだ」と囁く。

「私の部屋を覚えているか？」

「……ん」

一緒に暮らしていた頃、何度も遊びに行って、何度も泊めてもらった部屋だ。

カイザーが屈んでルカの体を横抱きに抱き上げる。

「では花嫁を寝室にお連れしよう」

「もう……カイザーってば」

苦笑しつつ、ルカはもう抵抗しなかった。カイザーの逞しい首に手を回してしがみつく。

庭から館へ通じる扉は開いていた。門番が鍵を閉め忘れることはないだろうから、これはピートの計《はか》らいだろう。

アーデンの館は今は無人のはずだ。しかし薄闇の中、昔と変わらず手入れが行き届いているのがわかる。

廊下の突き当たり、カイザーの部屋だった客間も扉が開いていた。中から柔らかな明かりが漏れている。

「うわあ……」

部屋には淡いピンクの薔薇が所狭しと飾られており、ルカは感嘆のため息をついた。

ベッドも当時の子供用のものではなく、大きな天蓋付きのものになっている。白で統一された夜具は、どれも婚礼の夜にふさわしいものばかりだ。

そっとベッドに下ろされ、ルカは胸がどきどきしてきた。

カイザーの手が、マントと体に巻きつけていたシーツを剝がしていく。

（いよいよこれからカイザーと……）

セックスするのだと思うとぼぼっと顔が赤くなり、ルカはカイザーに見られないように顔を背けた。

乳を出すためのマッサージをしてもらったときのことが鮮明に甦る。

お尻の穴の中のとびきり感じやすい場所をマッサージされて、自分でもびっくりするくらいに感じて射精してしまった。

あのときカイザーは、結婚したらもっと気持ちよくしてやると言って……。

（うわあああっ！　あ、あんなところにカイザーのあれを……!?）

カイザーが言ったことを思い出し、ルカは真っ赤になって枕に顔を埋めた。

カイザーがくすりと笑う気配がする。

「ルカ」

ベッドに突っ伏したルカの背中を、カイザーの大きな手が撫で回す。

「……っ！」

撫でられているのは背中なのに、薄い胸板を通して胸の感じやすい場所がびくびくと反応する。

乳頭の丸い粒が硬く凝り、滑らかなシーツにぐいぐいと食い込んでいるのがわかる。

体の奥から熱いものがこみ上げてきて、乳頭の小さな穴からにじみ出てしまいそうな感じがする。

(どうしよう……もうカイザーの病気は治ったから乳は出なくてもいいのに……っ)

『乙女の乳首』やマッサージの効果が今頃出てきて、乳が出てしまうかもしれない。治療が終わってから乳が出るなんて、なんとも間抜けで気恥ずかしい。

「ん……っ」

必死で声を殺して喘いでいると、カイザーが背中を撫でる手を止めた。

「おっぱい出そうなのか?」

「えっ!? い、いやあの」

「見せてごらん」

抗《あらが》う間もなく、しがみついていたシーツからべりっと剝がされて仰向きに転がされる。

裸の胸が晒され、ルカは慌てて恥ずかしい状態の乳首を手で隠した。

「あっ」

自分の手で触れただけで、尖った乳首はじんと疼いてしまった。

「隠さなくていい」

カイザーがルカの手を握って、そっと胸から剝がす。

（あ……！）

ほんのり桃色に色づいた乳頭が、カイザーに向かって背伸びするようにますます尖る。まるで「早く吸って」とねだっているようだ。

はしたない乳首の望み通り、カイザーが乳頭を唇で覆う。

「ああ……っ」

熱い舌にねっとりと舐められ、ルカは身悶えた。

気持ちいいけど、舐められるだけでは足りない。もっときつく吸って欲しい。

ルカの欲望を知ってか知らずか、カイザーは左の乳首を舌で転がし、右の乳首を指の腹で軽く押し潰すばかりで、強い刺激を与えてくれない。

「カ、カイザ……っ」

「ん？」

「もっと……っ」

恥ずかしい欲望を口に出すのはためらわれる。けれど我慢できなくて、ルカはカイザーの首に手を回して自身の胸を押しつけるように背を浮かせた。

カイザーの唇にルカの乳頭がむにゅっと押し入り、カイザーが乳首を口に含んだままくすくす笑う。

「そんなに押しつけたら吸えない」

「ん……っ、は、早くっ」

早く吸ってくれないと、どうにかなってしまいそうだ。

カイザーが一旦顔を上げてルカの顔をじっと見つめる。青い瞳が、少し意地悪そうに眇められる。

「どこをどうして欲しいか、言ってごらん」

「……………おっぱい……出そうだから……」

「うん？」

「す……吸って」

蚊《か》の鳴くような声で訴《うった》える。

カイザーが両手でルカの胸を持ち上げるようにして下から撫で上げ……両方の乳首を同時に親指と人差し指できゅっと摘む。

「あぁっ、痛っ！」

嘘だ。痛くはない。それどころか、もっと強い刺激を望んでいる。

「おっぱいはまだ出てないみたいだが」

カイザーが左の乳首に顔を近づけ、乳頭を引っ張るように摘んで先端の小さな穴をしげしげと観察する。

「あ、あっ、吸ったら出るから、早く……！」

胸の奥が疼いて乳が溢れそうだ。ルカの脳裏に、乳が勢いよく飛び出すようなイメージが湧き上がる。

カイザーが左の乳首にそっと唇を寄せ……ぷるぷると揺れる丸い肉粒をちゅっと音を立てて吸い上げる。

「あああーっ！」

カイザーに吸われた途端、ルカの体の奥の熱い奔流が飛び出した。

しかし勢いよく溢れ出したのは乳ではなく、精液だった。

ピンク色の亀頭が濡れてひくひくと震え、先端の穴からとろとろと残滓を零す。

（……あ……出ちゃった……）

まるで失禁のような射精だったが、気持ちよくて目の焦点が合わなくなる。無意識にもじもじと腰を揺らし、ルカは射精の余韻を味わった。

「こっちのミルクが出たな……」

カイザーが起き上がって体をずらし、初々しいペニスを口に含む。

「あ……っ」

いったばかりの敏感な亀頭を吸われ、ルカは思わず脚を閉じて内股でカイザーの頭を挟み込んでしまった。さらさらした金髪の感触が心地よく、それすらも官能に結びつく。

「私の治療を頑張ってくれたおかげで、すっかり感じやすくなったな」

ルカが感じている場所をカイザーは素早く察知し、柔らかな内股の肌をねっとりと舐め上げる。

「そ、それはだって……っ、ああっ」

感じやすくなってしまったのが恥ずかしくて言い訳しようとするが、脚の付け根にキスされてびくびくと体が震えてしまう。

「ルカが感じてくれて嬉しいよ」

「……ほ、ほんとに?」

淫らな体になってしまったことは、純情なルカにとって恥ずかしくて人には知られたくない悩みだ。

けれど、カイザーには……カイザーだけには淫らな自分を知っていて欲しい気がする。

「ああ。ルカを感じさせることができるのは私だけだ。そうだろう?」

カイザーの舌が、ルカの脚の間の可愛らしい玉をつつく。

玉を舌先でぷるぷると弄ばれ、ルカは頬を染めて小さく頷いた。

「ルカがこんなにいやらしい子なのは、二人だけの秘密だ」

「ん……っ」

カイザーがルカの脚を大きく割り広げ、玉の後ろの会陰《えいん》を舌でつうっとたどる。

「あんっ」

会陰を舐められてルカの肛門はきゅうっと可愛らしくつぼみ、カイザーの目を楽しませる。

「ああ……あ……」

熱い舌に、つぼんだ小さな肛門をこじ開けられる。カイザーの舌が触れた場所からじゅわっと蕩けそうな感覚に襲われて、ルカは吐息を漏らした。

カイザーがルカの肛門を指で広げ、中に舌を差し入れる。

「あっ、ああんっ」

内部の浅い場所をぐるりと舐められ、ルカはあられもない声を上げて悦んだ。

もう少し深い場所に、もっと気持ちいい場所がある。そこに触れて欲しい。指ではなく、カイザーの……。

ルカの欲望を察したように、カイザーが体を起こして自らの服を脱ぎ始めた。

シャツを脱ぎ、逞しい胸板が露わになる。筋肉の陰影が息を飲むほど美しい。

ルカに見せつけるように、カイザーがゆっくりとズボンの前を開く。

（あ……すごい……）

ルカの視線は、カイザーの中心で力強く脈打つ一物に釘付《くぎづ》けになった。

大きな牡の性器が、猛々しく天に向かって突き上げている。

太い茎には血管が浮き出し、先端は大きく張り出してぬらぬらと光っている。

その様は獰猛《どうもう》なほどだったが……ルカの緑色の瞳は欲情に潤んだ。

――おまえを孕ませたい。

カイザーの生々しいセリフを思い出し、体の奥がずくりと疼く。

（俺も男なのに……）

――カイザーに孕まされたい。

孕むことなどできないのに、ルカは衝動に突き動かされた。

カイザーと性器を擦り合わせて射精したときのことが甦り、体が熱くなる。あのときたっぷりとルカの肌を濡らした濃い精液を、今度は中に注いで欲しい……。

それは理屈ではなく、純粋な欲望だった。

カイザーと一つになりたい。

カイザーの花嫁になりたい――。

「ルカ……」

カイザーの声も欲情に濡れていた。その声が、たまらなく愛おしい。

ルカは脚を大きく広げたまま、カイザーに向かって手を伸ばした。

「……カイザー……俺と、結婚して……！」

カイザーが低く唸り声を上げてルカにのしかかる。

「もちろんだ……私の可愛い赤毛ちゃん」

「あああっ！」

熱くとろけた肛門に、大きな亀頭がずぶりと突き刺さる。

狭い場所を太い切っ先でこじ開けられ、ルカは痛みに顔をしかめた。

亀頭を浅く含ませたところでカイザーが動きを止め、ルカの汗ばんだ額にそっとキスする。

「痛くないか？」

「ん……っ、だ、大丈夫……っ」

少し痛いけれど、奥まで突いて欲しい。カイザーをより深く迎え入れたくて、ルカは無意識に腰をもじもじと揺らした。

ルカの反応を見て、カイザーが口元に笑みを浮かべる。もう一度ルカの鼻の頭に軽くキスして、動きを再開させた。

（あ……カイザーが……入ってくる……！）

カイザーが少しずつ中へ押し入ってくる。ルカの濡れた粘膜が、カイザーの濡れた亀頭を誘い込むように飲み込んでいく。

敏感な粘膜を牡の性器で擦られる感触に、ルカはびくびくと背中を震わせた。

次第に未知の快感が痛みを上回り始める。

「ああっ！」

突然訪れた強烈な快感に、ルカは背を仰け反らせた。

カイザーの先端が、ルカの内側のある一点を擦ったのだ。

「ここ……わかるか？」

カイザーが器用に腰を動かして、張り出した雁の部分でそこを擦る。

「あっ、い、いやっ、ああっ」

カイザーが擦っているのは、乳が出るようにとマッサージした場所だ。

「言ってごらん。ここはルカの何？」

「あ、ああっ、あ……にゅ、乳腺……っ」

口に出した途端、胸の内側がぞわぞわと疼き始める。今度こそ乳が漏れ出そうで、ルカは両手で自分の胸を覆った。

カイザーが小刻みに腰を動かし、そこを集中的に雁で引っ掻く。

「あっ、あひっ、やんっ、おっぱい出る……っ」

平らな胸を、ルカは掻き毟るように揉みしだいた。手のひらの下で、乳頭がぷりぷりと弾力のある硬さを持って張り詰めているのがわかる。

「あ、あ、あ……っ」

乳首と、いつのまにか勃起したペニスと、カイザーにつつかれている体の奥の場所と、三箇所の快感が渾然一体《こんぜんいったい》となってルカを懊悩させる。

ルカの痴態に、カイザーが荒い息を吐いて眉をしかめた。

「ルカ……！」

「や……っ、ああんっ」

中で、カイザーの勃起がぐいと体積を増したような気がする。

同時に、浅い部分を擦っていた亀頭が、やや強引に奥へと押し入ってきた。

「あああ……っ！」

太くて硬いものに奥深くまで貫かれ、ルカは仰け反った。

目の前が真っ白になるような衝撃だった。

貫かれた瞬間にいってしまったらしい。ルカのペニスは失禁したように精液を漏らしていた。

「カイザ……カイザー……！」

夢中でルカは、自分に覆い被さっているカイザーの体にしがみついた。カイザーもルカをしっかり抱き締めて、結合をより深くする。

射精したのに、まだ体が高ぶっている。残滓を零しながら、ルカはいきっぱなしのような高揚感を味わった。

淫らな粘膜は牡の侵入に悦んで絡みついている。カイザーの猛々しい性器を包み込み、蠢《うごめ》きながら締めつける。

カイザーがその締めつけに「うっ」と低く唸る。

「そんなに締めつけたら動けない」

「そ、そんなこと言ったってっ」

ルカには締めつけている自覚がないので、どうしていいかわからなかった。

「少し動くぞ」

「あ……あ、ああっ」

カイザーがリズミカルに腰を使い、きゅうきゅうと絡みついている内部を馴《な》らしていく。

「痛くないか」

「ん……っ、だ、大丈夫……っ、あっ、あ、あんっ」

カイザーが奥まで突き入れ、ずるりと腰を引く。繰り返し中を擦られ、ルカは気の遠くなるような快感に身悶えた。

「あ、ああっ、それ、気持ちいい……っ、カイザーの、すごい硬くて太くて……気持ちいいよお……っ」

はしたない言葉が譫言《うわごと》のように口をついて出る。

カイザーが腰を引くときに雁の部分が粘膜に引っかかり、気持ちよくてどうにかなりそうだった。

「ルカの中も気持ちよくてとろけそうだ……」

カイザーの声も上擦っている。掠れたような声がやけに色っぽい。

「あ、あひぃっ」

ずんずんと亀頭で中を突かれ、ルカのペニスはひくひくと震えながらほとんど透明になった液体をたらたらと零した。二度の射精で、もう精液はほとんど残っていない。

「あ、カイザー、中に……中に出して……っ」

半ば夢うつつで、ルカは恥ずかしい言葉を口にした。

手は無意識に自身の胸をまさぐってしまう。カイザーに中に注いでもらったら今度こそ乳が出そうな気がして、ルカは夢中で乳首を捏《こ》ね回した。

カイザーがルカの左手を外し、左の乳首にむしゃぶりつく。

「ああんっ、吸ってっ、あああっ！」

乳首をきつく吸われた瞬間、体の奥で堰を切ったように熱い奔流が溢れた。

（カイザーのが……！）

中にたっぷりと注がれて、ルカは途方もない快感と充実感に打ち震えた。

心と体が結ばれ、カイザーの花嫁になったのだと実感する。

「ルカ……愛してる」

耳元で囁かれ、ルカも夢中で「俺も」と唇を動かした。

声が掠れて言葉にならなかった。しかしカイザーの優しいキスに、自分の想いが伝わったことを確信し……ルカは心地よい幸福感に包まれて眠りに落ちていった――。

◇◇◇

「ルカ、城が見えてきたぞ」

カイザーの言葉に、馬上でうつらうつらしていたルカははっと目を覚ました。

顔を上げると、モニクの街を一望できる丘の上だった。

カイザーが丘の上の大きな木の下で馬を止める。後ろからついてきていたルカの白馬も、カイザーの黒馬の隣に寄り添うようにして立ち止まった。

――今朝、ルカはカイザーとともにアーデンの館で初夜の朝を迎えた。

館は無人だったが、温かい食事と薔薇の花びらを浮かせた風呂が用意されていた。朝食の銀の盆に『乙女の乳首』が一輪飾られていたので、これもピートが気を利かせてくれたのだろう。

朝の光の中ではどうにも照れくさくて、カイザーの顔がまともに見られなかったが……カイザーと結婚した喜びを噛み締めつつ、ルカはカイザーと二人きりの朝を過ごした。

館の外にはいつのまにかルカの白馬とカイザーの黒馬が繋がれていたが、ルカは一人で馬に乗ることができず、カイザーに抱かれるようにして一緒に黒馬に乗せてもらってルメール城に向けて出発した。

(うう……不覚だ)

馬に乗れないのは夕べの激しいセックスのせいだ。足腰に力が入らないのは仕方ないとしても、全身が甘いけだるさに包まれ、今も尻の奥にカイザーの感触が残っていて……。

（うわあああ！　思い出すな！）

夕べの快感が甦りそうになり、ルカは振り払うように首を横に振った。

「どうした？」

「え？　いや、なんでもないよっ」

カイザーにすっぽりと抱かれているので、ルカの背中はカイザーの胸にぴったりと密着している。背中に直接カイザーの声が響いてきて、ルカは一人で赤くなった。

今朝もカイザーに抱き上げられて風呂に連れて行かれ、甲斐甲斐《かいがい》しく世話をされてしまった。恥ずかしくて仕方がなくて、色々抵抗してしまったが……本当は嬉しかっただなんて口が裂けても言えない。

「ルカ」

カイザーがルカの後ろ髪をかき上げて項《うなじ》にキスする。

「ひゃっ！」

驚いて、ルカは素っ頓狂な声を上げて首を竦めた。

「あの、俺もう一人で馬に乗れるから！」

ルカは馬から降りようとカイザーの腕の中でもがいた。結婚したとはいえ、二人で一緒に馬に乗ってルメール城に帰るなど恥ずかしくてたまらない。

「だめだ」

カイザーがしっかりとルカの腰に手を回し、再び馬を走らせる。

「でもほら、みんなが見てるし！」

「人目なんか気にしなくていい。おまえは私の妻なのだから」

「う……」

後ろから抱き締められ、ルカは言葉を詰まらせた。

（リリア……ほんとごめん）

心の中で、ルカは妹に何度も謝った。

しかしリリアがどんなに嘆き悲しんでも、ルカはカイザーと離れるつもりはない。

これだけは、どうしても譲《ゆず》れない。

やがて二頭の馬はモニクの街外れにたどり着いた。見事な黒馬に乗った美丈夫に、広場にいた町人たちが感嘆したように振り返る。

「ほお……なんと立派な騎士だ」

「騎士じゃなくて、どこぞのお貴族さまじゃないかい？」

「おい、一緒に乗ってる赤毛を見てみろ！　すごい別嬪だぞ！」

町人の一人がルカの顔を見て囃《はや》し立てる。ルカはぎょっとしてマントのフードを被った。

「本当だ。お兄さんのいい人かい？」

年配の職人風の男に冷やかされ、カイザーが馬を止めて町人たちに向かって誇らしげに声を張り上げた。

「ああ、夕べ結婚したばかりの私の花嫁だ！」

「ちょ、ちょょっとカイザー！」

ルカが小声でたしなめるが、町人たちのざわめきや口笛にかき消されてしまう。

「そりゃあめでたい！」

「綺麗な嫁さんもらって、兄さん果報者《かほうもの》だねえ」

ルカは真っ赤になって俯いた。そんなルカをカイザーが愛おしげに抱き締めるので、町人たちがますます囃し立てる。

「カイザー！」

ルカはカイザーの脇腹に肘鉄《ひじてつ》を食らわせた。カイザーが大袈裟に顔をしかめ、町人たちがどっと笑う。

（いかん、いちゃついているようにしか見えない……！）

実際いちゃついているのだが、ルカはまだ人前でいちゃつけるほど開き直れていない。

「よかったな、ルカ。皆が祝福してくれている」

カイザーが心底嬉しそうにルカの頬にキスし、囁く。

「あ、あほか！　みんな面白がってるだけだろ！」

キスから逃れようともがくが、馬上で抱き締められているのでままならない。

ルカに思う存分キスし、町人たちの冷やかしに満足したのか、カイザーは上機嫌で馬の手綱を引く。

（これからの生活が思いやられる……）

カイザーの腕の中で、ルカは大きなため息をついた。


ルメール城の城門にたどり着くと、真っ先にネヴィルが駆け寄ってきた。

その後ろにはピートがにこにこしながら立っている。

ピートが皆に、ルカの無事とルメール城への帰還を知らせてくれていたのだろう。城門にはずらりと兵士が並び、音楽隊の高らかなラッパの音が二人を出迎える。

（う……っ）

大袈裟な出迎えに、嫌な予感がする。ルカとしては、カイザーとの結婚の件はまだしばらくは伏せておきたいのだが……。

「カイザーさま、ルカさま、お帰りなさいませ」

ネヴィルが神妙な顔をして深々と頭を下げる。

カイザーに馬から降ろしてもらったルカは、いったいどんな顔をしてネヴィルを見ていいかわからず、視線を彷徨わせた。

ネヴィルも何か言いかけて口ごもる。その灰色の瞳は、心なしか潤んでいた。

「ご結婚おめでとうございまーす！」

ルカとネヴィルの間の微妙な空気を無視し、ピートが明るく手を叩いた。

城門に並んでいた兵士たちからも一斉に拍手が涌き起こる。

「ちょ、ちょっと、まだ結婚したわけじゃ……っ」

ルカは真っ赤になって慌てた。ルカとカイザーの素性を知らない町人たちに囃し立てられるのとは訳が違う。

「何言ってるんですか。夕べアーデンの館でハネム……むぐっ」

ピートに体当たりし、ルカはそのおしゃべりな口を渾身の力で塞いだ。ピートに結婚の件を口止めしておかなかったことを心から後悔する。

「ルカさま……っ」

二人の間で、ネヴィルがおろおろする。

「これこれ、二人とも」

いつのまに出てきたのか、父王の呑気な声にルカは手を止めて振り向いた。

ルメール王の顔は太陽のように輝いていた。自分の思惑通りバーデンバッハと姻戚を結ぶことができて満足しているのだろう。

「ははは、ルカはまだ花嫁になって間もないものだから照れているのであろう」

「お父さま！」

「さあさあ、カイザー殿、お疲れでしょう。どうぞ中へお入り下さい」

頭から湯気を立てているルカには目もくれず、父王は揉み手せんばかりにカイザーにすり寄った。

「ありがとうございます」

カイザーもにこやかに応じている。

「ルカさま……ご結婚おめでとうございます」

ネヴィルにしんみりと囁かれ、ルカは耳まで赤くなった。

「………あ、ああ」

消え入りそうな声で呟き、俯く。

カイザーが手を伸ばしてルカの手をしっかりと握り締める。

（うう……っ）

皆の前で振り払うのも大人げない。観念して、ルカはカイザーと手を繋いでルメール城の大広間へと向かった。

この様子では、城中にルカとカイザーが結婚したことが知れ渡っていそうだ。

（俺は……この気恥ずかしさに耐えられるのだろうか）

せめてカイザーも一緒になって照れてくれたらいいのだが、ちらりと見上げた横顔はあからさまに嬉しそうで、しかも誇らしげだ。

大広間に入ったところで、ルカはぎょっとして足を止めた。

リリアが胸の前で手を組んで、青い瞳を大きく見開いている。

「お兄さま……！　ご無事でよかったですわ！」

駆け寄ってきたリリアに抱きつかれ、ルカは軽くよろめいた。カイザーがそっと背中を支えてくれる。

「心配しましたのよ！　私に黙って先に帰るなんて……！」

「あ、ああ……すまない」

リリアに肩を摑まれ、ルカはがくがくと揺さぶられながら謝った。

リリアは目に涙を溜めていた。本当にルカのことを心配してくれていたのだろう。

(なのに俺はリリアとの約束を破ってしまった……)

罪悪感で胸が痛くなる。

リリアがルカの肩を摑んだまま、傍《かたわ》らに立つカイザーを見上げた。

「カイザーさま、どうか兄のことをよろしくお願いいたします」

リリアの声は毅然《きぜん》としていた。

「ええ、必ず幸せにします」

カイザーも力強く答える。

カイザーの返事を聞いて、リリアは花が綻ぶように微笑んだ。

「リリア……」

想い人を取られてしまったのに恨み言一つ言わないリリアの健気《けなげ》さに、ルカは心を打たれた。堪え切れず、じわっと涙が浮かんでくる。

「さあさあ、カイザー殿、どうぞこちらへ」

ルメール王に促されてカイザーが名残惜しげにルカの傍を離れる。

ルカと二人きりになると、リリアがすっと身を寄せて小声で囁いた。

「お兄さま、あのかたご存じ?」

羽根飾りのついた扇子《せんす》で口元を覆い、大広間の隅にいる金髪碧眼の青年へちらりと視線を流す。

リリアの視線をたどり、ルカは「ああ」と声を出した。

「カイザーの弟だろう？　確かカイザーより三つ年下で、名前は……えーと」

カイザーの身を案じて黒竜城から駆けつけてきたのだろう。ルカも何度か顔を合わせたことがある。カイザーとは少々タイプが違うが、こちらもなかなかの男前だ。

「すっごいかっこいいわあ……超好み」

「ええ？」

町娘のような蓮《はす》っ葉《ぱ》なセリフに、ルカは驚いて妹の顔をまじまじと見つめた。

リリアはうっとりとカイザーの弟に熱い視線を送っている。

「おまえ……カイザーのことが好きだったんじゃないのか⁉」

リリアの思いがけない一面にたじろいで小声で問うと、リリアは扇子の陰でふっと笑った。今までルカが見たこともないような、したたかな表情だった。

「だって、カイザーさまはお兄さまにぞっこんだもの。そんな男にいつまでもこだわってたってしょうがないでしょ。それよりお兄さま、カイザーさまにあのかた紹介してくれるように頼んでよ」

「リリア……」

妹の現実的かつドライな態度にルカは呆然とした。

(えっと……今まで俺が悩んできたのって……)

激しい徒労感に襲われ、がっくりと肩を落とす。

リリアのカイザーへの想いは、恋というより憧れのようなものだったのだろう。

「ルカ」

ルメール王と何やら話し込んでいたカイザーが振り向き、ルカを呼び寄せる。

ふらふらとそちらへ行こうとすると、リリアにがっちり腕を掴まれた。

「約束ですからね!」

リリアに凄まれ、ルカは力なく頷いた。


大広間でのちょっとした宴のような会食を終えて、ルカはほっと息をついて廊下に出た。

(なんか……意外とすんなり認められちゃったな)

ルメール城ではもうすっかり結婚祝福ムードが漂っている。

ルメール王は終始ご機嫌でカイザーをもてなし、カイザーももうすっかり娘婿のような顔をして王の歓待を受けていた。

会食の席で具体的な結婚式の日取りも決まり、何もかもが順調すぎるくらい順調だ。

「ルカ、疲れただろう」

カイザーに肩を抱き寄せられ、ルカはもう抵抗する気力もなく厚い胸板にもたれかかった。

「ところでさあ……病気はもうよくなったの？」

周りに誰もいないことを確認してから、ルカは気になっていたことをカイザーに尋ねた。

「ああ。もう全快だ。ルカのおかげだよ」

「そう……」

喜ばしいことだが、何か腑《ふ》に落ちない。

（結局乳は出なかったよな……。ピートは確か病気を治すには俺の乳を飲ませる以外方法はないって言ってたような……）

「どうした、難しい顔をして」

カイザーに顔を覗き込まれ、ルカはまじまじとカイザーを見つめた。

病気だったとは思えないほど、健康そのものの顔をしている。ルカの胸に、もやもやした疑惑が立ちこめる。

「カイザーさま、ちょっとよろしいですか」

廊下の途中で、ピートが背後から遠慮がちに声をかけてきた。ちらっとルカを見て、カイザーに視線を戻す。

「ああ。ルカ、先に寝室に行っておいで」

カイザーに髪をくしゃっと撫でられ、ルカは頷いた。

「すみません、ルカさま」

ピートもぺこっと頭を下げて微笑む。

一人で廊下の角を曲がり、階段を上りかけたところで、ルカはぴたりと足を止めた。

(なんか……なんか……気になる)

先ほどのピートの目つきが気になって仕方がない。

――カイザーとピートは、何か隠している。

しばらくその場に立ち尽くし、ルカはくるりと踵を返した。足音を忍ばせて、来た道を戻る。

(立ち聞きなんて行儀《ぎょうぎ》が悪いけど……)

そろりそろりと廊下を歩き、カイザーと別れた角の壁にもたれる。

「……黒竜城でも、もうすっかりご婚約の用意は整っていますよ」

ピートの声が聞こえてくる。どうやら廊下の隅で立ち話をしているらしい。

カイザーが何か答えているが、抑《おさ》えた声音なので聞き取れない。ルカはその場にしゃがみ込み、耳を澄ませた。

「いやあ、作戦通りでしたねー！」

ピートのセリフに、ルカの耳がぴくんと反応する。

「カイザーさまのご提案を聞いたときは、それはいくらなんでも無理だろうと思いましたけど、まさか信じるとはねー。いやいや、ルカさまは本当に純真なおかたですよ」

（……何？）

「それにしてもカイザーさまも、よくまああんな荒唐無稽な話をでっち上げましたよね。いつばれるかと冷や冷やしましたよ」

ピートの言葉をルカは心の中で繰り返した。

（作戦……でっち上げ……）

病気だと言っていたのは、すべて嘘だったのか。

ルカの腹の奥底から、何かがふつふつと湧き上がってくる。

「カイザーさまの病人のふり、迫真の演技でしたよ。普通あそこまでしませんって」

ピートが声を立てて笑っている。

「ルカを手に入れるためなら何だってするさ」

カイザーのセリフに、ルカの怒りが爆発した。

「――――カイザー!!」

廊下の角から飛び出して、ルカはカイザーの胸ぐらを掴んだ。

顔を真っ赤にしてぷるぷる震えるルカを、カイザーがさほど驚きもせずに見下ろす。

「おまえは……おまえは……っ、俺を騙《だま》してたのかー!!」

「騙してなんかいない」

カイザーがにっこり微笑み、胸ぐらを掴んでいるルカを抱き締める。

「嘘つけ！　ピートが言ってたじゃないか！　病人のふりしてたんだろう！」

眉をつり上げて怒鳴るルカの髪を、カイザーが愛おしげに撫でる。

「嘘じゃない。私は重い病を患《わずら》っていた。そしてそれを治せるのはルカ、おまえだけだったんだ」

「いい加減なこと言うな！　おっ、俺がどんなに心配したか……っ！」

思い出して、涙がこみ上げてくる。いくら結婚するためとはいえ、病気のふりまでするなんてひどすぎる。

そう言ってやりたいのに、怒りのあまり言葉が出てこない。

「ルカさま、落ち着いて下さい……っ」

「これが落ち着いてられるかあ!!」

ピートがおろおろしながらルカを宥めるが、ルカはカイザーに抱き締められたまま地団駄を踏んだ。

「離せ！　うわ……っ」

腰をがっちり摑まれ抱き上げられ、足が宙に浮く。ルカはじたばたともがいた。

「おい！　降ろせよ！」

「ルカ……私がなんの病気だったかわかるか？」

カイザーが耳たぶを甘く嚙む。官能を直撃されて、ルカは「ひっ」と小さく叫んで首を竦めた。

「恋の病だ」

耳元で囁かれ、ルカの体温が一気に上昇する。

（こいつは……本当に……）

この期《ご》に及んで睦言《むつごと》を囁くカイザーに、ルカは呆れて言葉を失った。

呆れつつも骨抜きになってしまう自分が情けない。

抱き上げられたまましっかりと抱き締められ、ルカはどっと疲れてカイザーに体を預けた。

「いやあ、終わりよければすべてよし！　お二人ともよかったですねえ」

にこにこ微笑んでいるピートを、ルカはカイザーに抱き締められたまま恨みがましく睨みつけた。

「よくもあんな不味い煎じ汁飲ませやがって。本当は男が飲んだって乳なんか出ないんだろ」

「え？　えーと、そうですねえ……」

ピートがしどろもどろになって視線を彷徨わせる。

「もしかして乳腺マッサージっていうのも嘘!?」

「あー……はい。あそこは本当は前立腺《ぜんりつせん》って言うんですよ。前立腺を刺激すると乳ではなく精液が出ます」

「ぜんりつ……?」

聞き慣れない言葉に、ルカは顔をしかめた。

「前立腺だ。おっぱいは出なかったけど、こっちのミルクはたくさん飲ませてもらったぞ」

「ひゃん！」

いきなり尻から脚の間に手を突っ込まれ、ルカは悲鳴を上げた。カイザーの不埒《ふらち》な手が、後ろから玉を揉みしだく。

「あー……それじゃ私はそろそろ失礼します」

ピートが微妙な笑顔を浮かべ、これ以上当てられるのは勘弁とばかりにさっさと逃げていった。

「やっ、カイザー！」

嫌がって暴れると、カイザーがくすくす笑って悪戯を中断する。

もう一度しっかりと抱き締められ、間近で青い瞳にじっと見つめられ……ルカは不覚にもどきどきしながらその瞳に見入った。

カイザーがふと真面目な表情になる。

「嘘をついて悪かった。どうしてもおまえと結婚したかったんだ」

「………」

ルカは曖昧に頷いて目を逸らした。

カイザーが何をしても、本気で怒れないことはわかっている。

「だけど……もうこういうのなしだよ？」

「ああ、わかってる」

どちらからともなく唇が近づいてきて、熱いキスを交わす。

長い長いキスのあと、カイザーが青い瞳を輝かせてルカを見つめた。

「ルカ、子供はいらないと言ったが、おまえが産んでくれるんなら話は別だ」

「はあ？　だから俺は産めないって」

「いや、わからんぞ。ピートに頼めばなんとかなるかもしれん」

カイザーがルカの胸に顔を埋め、服の上から頬ずりする。

懲りない男に、ルカはため息をついた。これからの結婚生活が思いやられる。

（まったく、こんなやつを好きな自分もどうかしてる……）

カイザーを抱き締め、ルカは体の隅々まで幸せに満たされて目を閉じた。

番外編

ピート、森に帰る

――ユージニア大陸の最北端。

ルメール王国とブランドル王国に跨る広大な針葉樹の森は、人々に『黒い森』と呼ばれて怖れられている。一年中雪の溶けない極寒のこの森には、厚い毛皮に覆われたキツネやウサギ、オオカミといった動物たちしか住んでいない。

魔女とその弟子を除いて――。


「ただいま帰りました～！　ああ～、疲れた～」

黒い森の奥深く、岩山の壁面にくり抜かれた大きな洞窟に、魔女の弟子の間延びした声が響いた。

茶色いもじゃもじゃ頭を掻き回しているのは、バーデンバッハでピートと呼ばれていた男である。

洞窟の入り口の扉を閉めて、ピートは口の中で呪文を唱えた。真っ暗だった洞窟にぼうっと蠟燭の明かりが浮かび上がり、長いトンネル状の廊下を照らす。

白っぽいローブをずるずる引きずりながら、ピートは洞窟の奥に向かった。

「魔女さま～、カイザーさまからたくさんお土産をいただきましたよ～！　魔女さまの大好きな桃のお酒も、ほら、こんなに」

洞窟の一番奥、大きな広間はしんと静まり返っていた。魔女の定位置である、ふかふかの毛皮が敷かれた寝台も空っぽだ。

「ん？　お出かけですか？」

毛皮の敷物に触れると、魔女の姿が瞼の裏に映し出される。何か用事でもあったのか、黒い森の中にある泉まで出かけているようだ。

魔女は高齢で体が少々弱っているが、黒い森の中ならば心配することはないだろう。魔女にとっては庭のようなものだ。

「それじゃあお先にちょっといただいちゃいますよっと」

カイザーからもらった土産の中から林檎酒を取りだし、グラスに注いで一気に飲み干す。

「おお、さすがバーデンバッハ王室御用達の林檎酒。美味しい～！」

林檎酒の芳香に疲れも吹き飛び、ピートは口元を緩めた。

お代わりを注いでいると、入り口の扉がばたんと音を立てる。

「おおい、帰ったぞー」

「あ、魔女さま、お帰りなさいませ～！」

ぱたぱたと走って出迎えると、黒いローブをまとった魔女がのっそりと顔を上げた。

大きな鉤鼻《かぎばな》と赤い目、曲がった腰、真っ白な髪は絵本に出てくる魔女そのものだ。顔には深い皺が刻まれ、もはや女なのか男なのかわからないような容貌である。

「泉にお出かけだったのですね。何かありましたか?」

「ああ、『乙女の乳首』を勝手に摘んだ不届き者がおってな。ちいとばかり呪いをかけてきたわい」

「そうですか。泉まで人間が来るなんて珍しいですね」

相槌を打ちながら、ピートは魔女のローブを受け取った。

「おまえのほうはどうじゃった。バーデンバッハの件はうまくいったかの?」

「ええ、ばっちりです。いやはやあのカイザー王子、とんでもない策略家ですよ〜。いくら惚れた相手と結婚するためとはいえ、国王や側近まで巻き込んで大芝居を打つなんて、ほんとよくやりますよ」

「あそこの王室は昔から腹黒い家系じゃからのう」

「病気のふりをするために、病人らしく見えるように魔法をかけろと言われましてね。そんな魔法はありませんと言ったら、にっこり笑って凄むんですよ〜。めちゃくちゃ怖いんですよ〜。仕方ないから毒草を煮詰めて薄めたのを飲ませたのですが、あの王子、少々の毒じゃ全然効かないんですよ〜」

魔女のために桃の酒の壜を開けながら、ピートはカイザーの横暴ぶりを愚痴った。

「あそこの王室は昔からやたら頑健かつ強壮な家系じゃからのう……」

僅かに眉間の皺を深め、魔女がうんうんと頷く。

「結局三日ほど断食してもらって、薬草を絞った青汁を肌に塗りつけて、どうにかやつれて見えるようにしたんですけどね。まったく、こんな仕事は初めてですよ」

「それで、ルカ王子はころっとだまされたのかい」

「ええ、そりゃもう可哀想なくらい取り乱して、カイザー王子が考えた乳で治療するという荒唐無稽な話も素直に信じちゃって……」

ピートが桃の酒をグラスに注いで渡すと、魔女は美味そうにぐいと呷った。

「ルメール王は抜け目のないしたたか者じゃし、あそこの長男次男もちゃっかりしておるが、三男坊はずいぶんとお人好しじゃの」

「まあそこがルカさまのいいところなんでしょうけどね。素直で可愛くて、心根の優しいかたですよ」

こんなに純情な少年をカイザーのような腹黒い男に娶《めあわ》せるのはいかがなものかと、ピートは内心気が咎めたものだ。カイザーのために不味い煎じ汁を飲み、言われたとおりに一生懸命看病するルカに、あなたはあの男にだまされているんですよと叫びたくなったことも一度や二度ではない。

「ふむ、まあ遅かれ早かれあの二人はこうなる運命じゃった。一件落着だの」

バーデンバッハ王室から今回の件の依頼があったとき、魔女は「あの二人なら小細工などせずともいずれは一緒になる運命じゃ」と言って断った。しかしカイザーが「いずれとはいつです？　私は今すぐ結婚したいんです」と言って譲らず、仕方なくピートが出向くことになったのだ。

「ええ、最初はルカさまに嘘をつくのは心が痛んだのですが、ルカさまもカイザーさまと結婚したがっているのはバレバレでしたしね。めでたしめでたしですよ。我々を婚礼の宴に招待して下さるそうです」

「そうかそうか。これでまたバーデンバッハ王室に一つ貸しができたのう。カイザー王子がルカ王子を娶ればバーデンバッハは安泰、我々も安泰じゃ」

酔いが回ってきたのか、魔女は上機嫌で声を立てて笑った。

「うーむ、久々に呪いをかけたらくたびれたわい。わしゃもう寝る」

「はい、おやすみなさいませ」

おぼつかない足取りで、魔女が寝床に向かう。寝台に横たわった魔女の体に、ピートはそっと毛皮を掛けた。

「あ、魔女さま、おやすみの前にちょっとお聞きしたいのですが」

高齢の魔女は一度眠りに就くと十日は起きない。疲れているときは一月以上眠り続けることもあるので、ピートはうとうとしかけている魔女の肩をゆすった。

「……んん？　なんじゃい？」

「先ほど『乙女の乳首』を摘んだ不届き者に呪いをかけたとおっしゃいましたよね？　いったいどんな呪いをかけたのです？」

魔女が薄目を開いてにやりと笑う。

「せっかくじゃから、乳首にちなんだ呪いにしようと思っての……夜ごと乳首が疼いて止まらなくなる呪いを……」

「ええっ？」

魔女は結構悪戯好きなところがある。妙な呪いに、ピートは目を剝いた。

「花を摘んだのは某国の王子じゃったが、男のくせにやけにいやらしい乳首をしておっての……あれはけしからん乳首じゃ……まったくけしからん……」

「王子に呪いをかけちゃったんですか!?　ちょ、ちょっと、それ、どうやったら呪いが解けるんです!?」

「乳首が桃色の光を放っての……男を誘うんじゃ……くくく」

魔女が喉の奥で可笑しそうに笑う。

「魔女さまあ……変な悪戯しないで下さいよ〜。尻拭いをするのはたいてい私なんですから〜」

「疼きを止めるには………男の………」

言いかけて、魔女は鼾《いびき》をかき始めた。

こうなったら耳元で大声で叫んでも起きない。ピートはやれやれと肩を竦めた。

呪いをかけられた王子には気の毒だが、しばらく乳首の疼きを我慢してもらうしかない。

魔女が目覚めたら真っ先に呪いを解く方法を聞き出すことにして、ピートは桃の酒の壜を手に取った。

ほんのりと淡い桃色の液体が壜の中で揺れる。

その美しい色はルカの初々しい乳首を思い起こさせ、ピートは思わず微笑んだ。

「カイザーさまとルカさまのご結婚に乾杯」

グラスを高く掲げ、二人を祝福する。

桃色の酒は、二人の関係のように甘くて幸せな味がした。

あとがき

初めまして、神香《じんか》うららと申します。

いろいろと初めまして尽くしです…！

まずはプラチナ文庫アリス創刊おめでとうございます〜！

新創刊のレーベルにまぜていただけるなんて大変大変光栄です。いいのかしら…と少々びびりつつ、ありがたくまぜていただきました。私はデビュー以来ずっと一社で書いていたもので、こうしてプラチナ文庫さんで書かせていただくのも初めてなのですよ。緊張してます。かなり緊張しております…！

そしてファンタジーな設定も初めてです。ファンタジーというか、「昔むかしあるところに可愛い王子さまが…」的なお伽話っぽい設定です。子供の頃に読んだお伽話のように、深く考えずにするっと入っていけるお話を目指してみました。

そしてそして、袋とじももちろん初めてです！

香林《こうりん》セージ先生がエロ麗しいカラーピンナップを描いて下さったのですが、そのイラストのある部分がスクラッチシールで隠してあります。まだご覧になっていない方のためにこれ以上は言いませんが、どのような状態になっているどこをどのように隠すか、担当さんと真剣に話し合いました（笑）。

せっかくの袋とじなので、私もエロい方向に頑張ってみました。本編が受け視点なので袋とじは攻め視点です。あ、袋とじは本編をお読みになった後で見て下さいね……とここで言ってももう遅いでしょうか。先に袋とじ読まれた方は「？？？」って感じでしょうけれど、まあそんな感じで……あの……呆れずに本編も読んでやって下さい……。

いろいろな初めて尽くしのこのお話、制作過程での仮タイトルは「乳首王子」でした。そうなんです、乳首がテーマなのです。私は受けの可愛い乳首がものすごく好きなのです。今回は「乳首もので」とのことだったので、思いっきり書かせていただきました。

ピンクのこりっこりのぷるんぷるんですよ…！

そしてもう一つの萌えが赤毛です。黒髪や金髪もいいですが、赤毛は萌える…！

私はすごく綺麗な色だと思うんですよ。子供の頃、見事な赤毛のロングヘアのお姉さんを見て、「赤毛華やかで綺麗じゃん！　アンはもっと自信持て」と思いました。

でもなんかこう、コンプレックス持っちゃってるところも含めて可愛いのが赤毛ちゃんですよ。そんなわけでルカはぷるんぷるんの可愛い赤毛ちゃんです。

カイザーはナチュラルに腹黒というか、自分が腹黒いとはこれっぽっちも思ってなさそうですよ…。ルカにめろめろなので、まあ許してやって下さい（笑）。

巻末のピート短編、なんか思わせぶりな終わり方ですみません。これは当初は入れる予定はなかったのですが、本文のページ数が少なすぎたため急遽入れることになりました。そうなんです……私の中では、ルカの他にも乳首王子がいるのです……乳首が疼いて仕方ない王子が……！

予告編っぽいですが、現時点では何も決まっておりません。別の乳首王子については、もし読者の皆さまのご要望があれば…とのことですので、よかったら編集部のほうへご感想などお送りいただけると嬉しいです。どうぞよろしくお願いいたします～！

最後になりましたが、お世話になった方々にお礼を。

まずはイラストを描いて下さった香林セージ先生、素敵なイラストをどうもありがとうございました。ルカが可愛くて可愛くて、もうどうしようかと…！　特に困った顔が可愛すぎです。カイザーでなくとも困らせたくなります。カイザーもほんとかっこよくて、最初にキャララフをいただいたときにカイザーの流し目にやられました（笑）。ピート、ネヴィル、リリアの三人も描いていただけて嬉しかったです～！

香林先生には前に雑誌でお世話になったことがあり、ぜひまたイラストをお願いしたいと思っておりました。願いが叶って嬉しいです…！

そして担当さま、このような機会を与えて下さってどうもありがとうございました。

商業誌でも同人誌でも一度もファンタジー設定を書いたことがない私に、この設定でゴーサインを出して下さったのは、ほんとすごい危険な賭けだったことと思います。その上原稿の進みが遅く、初っぱなからいろいろとご心配おかけして申し訳ありません…。おかげさまで新たな世界に踏み出すことができ、本当に感謝しております。

そしてそして、この本をお手にとって下さった皆さま、どうもありがとうございます！

少しでも萌えツボに合致する部分がありましたでしょうか。

このお話は受けの乳首がいかに可愛くて萌えるか力説するために書いたのですが、まだまだ乳首ピンクの魅力を伝えきれていないです。これからも受けの可愛い乳首の魅力について語っていきたいと思います！

それでは、またお目にかかれることを願いつつ……このへんで失礼いたします。

神香うららでした。

桃色《ももいろ》☆王子《おうじ》 ～胸《むね》の秘密《ひみつ》はミルキーピンク～

プラチナ文庫アリスをお買いあげいただき、ありがとうございます。
この作品を読んでのご意見・ご感想をお待ちしております。

★ファンレターの宛先★

〒102-0072　東京都千代田区飯田橋3-3-1
プランタン出版　プラチナ文庫アリス編集部気付
神香うらら先生係 /香林セージ先生係

各作品のご感想をWEBサイトにて募集しております。
プランタン出版WEBサイト http://www.printemps.jp

著者――神香うらら(じんか うらら)
挿絵――香林セージ(こうりん せーじ)
発行――プランタン出版
発売――フランス書院
〒102-0072　東京都千代田区飯田橋3-3-1
電話(営業)03-5226-5744
(編集)03-5226-5742
印刷――誠宏印刷
製本――小泉製本

ISBN978-4-8296-2429-6 C0193